A ENCHENTE

# MICHAEL MCDOWELL

# A ENCHENTE

## BLACKWATER·I

TRADUZIDO POR FABIANO MORAIS

ARQUEIRO

Título original: *The Flood*

Copyright © 1983 por Michael McDowell
Copyright da tradução © 2025 por Editora Arqueiro Ltda.

Edição publicada mediante acordo com The Otte Company
por meio da Piergiorgio Nicolazzini Literary Agency (PNLA)
junto com a LVB & Co. Agência e Consultoria Literária.
Todos os direitos reservados. Nenhuma parte deste livro
pode ser utilizada ou reproduzida sob quaisquer meios
existentes sem autorização por escrito dos editores.

*coordenação editorial:* Gabriel Machado
*produção editorial:* Guilherme Bernardo
*preparo de originais:* Victor Almeida
*revisão:* Elisa Rosa e Suelen Lopes
*diagramação:* Abreu's System e Ana Paula Daudt Brandão
*capa:* Monsieur Toussaint Louverture e Pedro Oyarbide
*adaptação de capa:* Ana Paula Daudt Brandão e Pedro Oyarbide
*impressão e acabamento:* Lis Gráfica e Editora Ltda.

CIP-BRASIL. CATALOGAÇÃO NA PUBLICAÇÃO
SINDICATO NACIONAL DOS EDITORES DE LIVROS, RJ

M144e

McDowell, Michael, 1950-1999
  A enchente / Michael McDowell ; tradução Fabiano
Morais. – 1. ed. – São Paulo : Arqueiro, 2025.
  272 p. ; 16 cm.    (Blackwater ; 1)

  Tradução de: The flood
  Continua com: O dique
  ISBN 978-65-5565-765-4

  1. Ficção americana. I. Morais, Fabiano.
II. Título. III. Série.
                                  CDD: 813
24-95431                          CDU: 82-3(73)

Meri Gleice Rodrigues de Souza – Bibliotecária – CRB-7/6439

Todos os direitos reservados, no Brasil, por
Editora Arqueiro Ltda.
Rua Artur de Azevedo, 1.767 – Conj. 177 – Pinheiros
05404-014 – São Paulo – SP
Tel.: (11) 2894-4987
E-mail: atendimento@editoraarqueiro.com.br
www.editoraarqueiro.com.br

## NOTA DO AUTOR

A cidade de Perdido, no Alabama, existe de verdade – no exato lugar em que a coloquei nesta história. No entanto, não conta com os edifícios, a geografia ou a população que atribuí a ela. Além disso, os rios Perdido e Blackwater nunca se encontram.

Ainda assim, me atrevo a dizer que as paisagens e pessoas que descrevi não são de todo fictícias.

*Para Mama El.*

"A bacante ama, defendendo-se furiosamente da intempestividade do amor. Ela ama e mata. É nas profundezas do sexo, no passado sombrio e primitivo da guerra dos sexos, que está a origem da natureza cindida, bipartida, da alma feminina; e é lá que a mulher encontra, primeiramente, a integridade e a unidade primordial da consciência feminina. Assim, a tragédia provém da afirmação da essência feminina enquanto díade."

– VIACHESLAV IVANOV,
"O sushchestve tragedii"

"Vou espremer toda a doçura do meu coração
E sorver o horror; amor, pensamentos femininos,
    eu matarei,
E deixarei seus corpos apodrecerem na minha mente,
Na esperança de que os vermes aguilhoem;
    embora não seja homem,
Por puro ódio o seguinte hei de engendrar:
Serei pai de um mundo de fantasmas
E buscarei na sepultura uma carcaça."

– THOMAS LOVELL BEDDOES,
"Love's Arrow Poisoned"

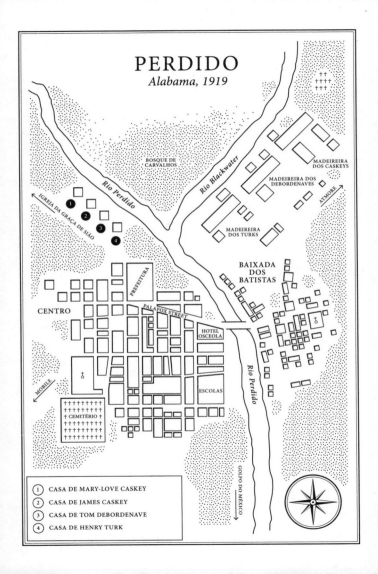

# As famílias
# Caskey, Sapp e Welles – 1919

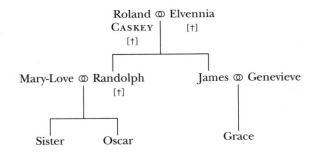

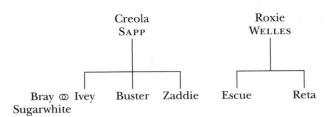

## PRÓLOGO

Na alvorada do domingo de Páscoa de 1919, o céu de Perdido, no Alabama, era de um cor-de-rosa suave e translúcido que não se refletia nas águas escuras que haviam inundado a cidade na última semana. Laranja-avermelhado e imenso, o sol se erguia sobre o pinheiral à frente do que costumava ser a Baixada dos Batistas.

Era a área mais baixa de Perdido, para onde os negros libertos tinham ido em 1865 e onde continuavam a viver seus filhos e netos. O lugar, no entanto, se tornara apenas um aguaçal turvo, repleto de placas, galhos e animais mortos. Da área que fora o centro de Perdido, via-se apenas a prefeitura, com sua torre do relógio, e o segundo andar do Hotel Osceola.

Em apenas uma semana, já era preciso recorrer à memória para indicar por onde antes corriam os rios Perdido e Blackwater. Todos os 1.200 habitantes tinham fugido para terrenos mais elevados. A cidade apodrecia sob um extenso lençol de água escura e fétida, que só agora começava a baixar. Os frontões, cumeeiras e chaminés das casas que não haviam sido destruídas e levadas pela correnteza despontavam da superfície preta e brilhante da enchente, símbolos da aflição feitos de pedra, tijolo e madeira. Mas ninguém veio responder aos apelos silenciosos, enquanto detritos, trapos e móveis passavam por eles, agrupando-se e formando ninhos deteriorados em volta daqueles dedos em riste.

A água escura batia lentamente nas paredes de tijolos da prefeitura e do Hotel Osceola. Fora isso, estava silenciosa e parada. Quem nunca viveu uma enchente talvez imagine que os peixes nadem pelas janelas quebradas das casas submersas, mas isso não acontece. Em primeiro lugar, as janelas não se rompem, pois, mesmo nas casas mais bem construídas, a água sempre sobe pelas tábuas do chão, de modo que a água atinge o mesmo nível na despensa sem janelas e na varanda da frente.

Além disso, os peixes continuam nos leitos antigos do rio, como se não tivessem mais 5 ou 10 metros de liberdade acima deles. A água de uma enchente é suja, cheia de coisas podres, e os bagres e dourados, por mais que não gostem daquela escuridão insólita, ficam nadando em círculos, confusos, em volta das pedras, das algas e das estacas das pontes às quais estão habituados.

Caso alguém estivesse na pequena sala quadrada logo abaixo dos relógios da prefeitura, olhando pela janela estreita que dava para o oeste, talvez pudesse ter visto, aproximando-se pela superfície lisa e escura de água parada e fétida, um barco a remo solitário, saindo do que restava da noite, levando dois homens.

Mas não havia ninguém na sala abaixo dos relógios, e nada perturbava a poeira no chão de mármore, os ninhos de pássaros entre as vigas e o zumbido suave das últimas máquinas que ainda não haviam parado. Não restava ninguém para dar corda nos relógios. Afinal, quem teria continuado em Perdido depois da enchente? O barco solitário seguia seu curso majestoso, solene, sem que ninguém o visse. Vinha devagar da direção das belas casas dos donos das fábricas, agora submersas pelas águas lamacentas do rio Perdido a noroeste. Quem remava o barco verde (por algum motivo, todos os barcos daquele tipo em Perdido eram pintados dessa cor) parecia ser um homem negro de cerca de 30 anos. Um homem branco, poucos anos mais novo, estava sentado ao lado dele, na proa.

Estavam em silêncio havia algum tempo. Ambos fitavam com espanto o espetáculo que era ver Perdido, a cidade onde nasceram e foram criados, submersa por mais de 5 metros de água fétida. Era difícil imaginar uma Páscoa que tivesse amanhecido de maneira tão desoladora, ou que tivesse despertado tão pouca esperança nos corações daqueles que testemunharam o nascer do sol naquela manhã – exceto pela primeira Páscoa em Jerusalém.

– Bray – disse o homem branco –, reme em direção à prefeitura.

– Sr. Oscar – protestou o homem negro –, a gente não sabe o que tem naquelas salas.

A água havia subido até o parapeito das janelas do segundo piso.

– Quero ver o que tem naquelas salas. Vá até lá.

Relutante, Bray manobrou o barco na direção da prefeitura e, num gesto forte e desenvolto, deu impulso com o remo. Eles se aproximaram. O barco chegou a bater na coluna de mármore da sacada do segundo piso.

– O senhor não vai entrar! – exclamou Bray quando Oscar Caskey se inclinou para agarrar uma das colunas grossas.

Oscar balançou a cabeça. A coluna estava coberta do limo da enchente. Ele tentou limpar a mão na calça, mas só conseguiu transferir parte do fedor para o tecido.

– Mais perto daquela janela.

Bray manobrou o barco até a primeira janela à direita da sacada.

O sol ainda não tinha tocado aquele lado do prédio, e a sala, que era do escrivão da cidade, encontrava-se na penumbra. A água cobria a maior parte do chão, formando uma poça escura e rasa. Cadeiras e mesas estavam espalhadas pelo cômodo, e alguns arquivos haviam tombado. Outros estavam com as gavetas abertas, estouradas pela pressão dos papéis encharcados. Resmas grossas de documentos do condado e da cidade apodreciam. Sobre o parapeito, havia uma solicitação de direito a voto nas eleições de 1872, rejeitada. Oscar ainda conseguia ver o nome nela.

– Tá vendo o quê, Sr. Oscar?

– Pouca coisa. Vejo mais danos. E muitos problemas vão surgir quando a água baixar.

– A cidade todinha vai ter problema quando a água baixar. Então chega de bisbilhotar pelas janelas, Sr. Oscar. Sei lá o que a gente pode acabar achando.

– Como o quê? – Oscar se virou para Bray.

Bray convivia com os Caskeys desde os 8 anos. Primeiro, brincava com Oscar, que tinha então 4 anos. Depois, virou garoto de recados e, por fim, tornou-se o chefe dos jardineiros. A companheira dele, Ivey Sapp, era a cozinheira da família.

Bray Sugarwhite continuou a remar seu pequeno barco verde pelo meio da Palafox Street. Oscar Caskey olhava de um lado para outro, tentando lembrar se a barbearia tinha um frontão triangular com uma bola de madeira entalhada no topo ou se aquele ornamento pertencia à loja de vestidos de Berta Hamilton. O Hotel Osceola se erguia à direita, cerca de 50 metros adiante. Sua placa se soltara na sexta-feira e, a essa altura, já devia estar batendo no casco de um barco de pesca a 8 quilômetros dali, no Golfo do México.

– A gente não vai mais bisbilhotar, né, Sr. Oscar? – perguntou Bray, apreensivo, à medida que se aproximavam do hotel.

Na proa, Oscar perscrutava as laterais do prédio.

– Bray, acho que vi algo se mexendo em uma daquelas janelas.

– É o sol – apressou-se em dizer o rapaz. – O sol batendo naquelas janelas sujas.

– Não foi um reflexo – disse Oscar. – Faça o

que estou mandando e reme até aquela janela na esquina.

– Não vou, não.

– Bray, você vai, sim! – falou Oscar, sem se virar. – Nem perca tempo dizendo que não. Apenas vá até aquela janela na esquina.

– Não vou bisbilhotar mais janela nenhuma – rebateu Bray, não exatamente baixinho.

Então, falando mais alto, enquanto mudava de direção e aproximava o barco do segundo andar do hotel, acrescentou:

– Deve ter ratos aí dentro. Quando a água começou a subir na Baixada dos Batistas, vi os bichos saindo das tocas e correndo por cima das cercas. Os ratos são espertos, sabem onde tá seco. Todo mundo foi embora de Perdido na quarta. Aposto que naquele hotel só tem rato.

O barco bateu na fachada leste do hotel. O brilho vermelho ofuscante do sol se refletia nas vidraças. Oscar olhou pela janela mais próxima.

Toda a mobília no pequeno quarto – cama, penteadeira, roupeiro, lavatório, porta-chapéus – estava entulhada no meio do cômodo, como se tivesse sido sugada para o centro de um redemoinho. Os móveis estavam cobertos de lama. O tapete, rígido e sujo, permanecia embolado no canto, junto à porta. Na penumbra, Oscar não conseguia distinguir até onde a água tinha subido, uma vez que o papel de parede era escuro.

O tapete se remexeu, e ele viu dois ratos grandes saírem correndo em direção à montanha de móveis no meio do quarto. Oscar desviou o olhar da janela.

– Viu um rato, né? – perguntou Bray. – Tá vendo? Eu disse, senhor, nesse hotel só tem rato. Não precisa mais bisbilhotar janela nenhuma.

Oscar não respondeu, mas se levantou e, agarrando a armação do toldo esfarrapado da janela ao lado, impulsionou o barco até a esquina do hotel.

– Bray – falou Oscar –, esta é a janela em que vi algo se mexendo. Alguma coisa passou diante dela, e não foi um rato. Ratos não têm 1,5 metro de altura.

– Os ratos tão comendo à beça com essa enchente – retrucou Bray, e Oscar não entendeu o que ele quis sugerir com isso.

Oscar se inclinou para a frente no barco, agarrando o batente de concreto da janela. Ele olhou através dos vidros sujos.

O quarto de esquina parecia ter passado incólume pela enchente. A cama, com os lençóis ainda intocados, continuava no mesmo lugar, encostada à parede que se estendia até o corredor, o tapete esticado perfeitamente debaixo dela. O roupeiro, a penteadeira e o lavatório também estavam inalterados. Não havia nada caído no chão ou quebrado. No entanto, o sol que entrava pela janela a leste, iluminando boa parte do tapete, revelou a Oscar que estava encharcado. Diante disso, ele foi forçado a concluir que a água tinha subido pelas tábuas do piso de madeira.

O que Oscar ainda não entendia era por que os móveis daquele quarto continuavam tão placidamente em seus lugares, enquanto tudo no cômodo ao lado havia sido destruído, entulhado e, como uma última humilhação, coberto de lama.

– Bray – falou ele –, não sei o que pensar disso.

– Então é melhor não pensar nada. Aliás, nem sei do que o senhor tá falando, Sr. Oscar.

– Está tudo no lugar neste quarto. Só o chão parece molhado.

Oscar tinha se virado para falar essas últimas palavras para Bray, que balançou a cabeça e voltou a indicar seu desejo de estar bem longe daquele prédio parcialmente submerso. Ele temia que Oscar quisesse contornar o hotel, conferindo as janelas uma por uma.

Oscar se virou para a janela, a fim de empurrar o batente de concreto e tirar o barco dali. Quando olhou para o interior do prédio, recuou com um grito de espanto preso na garganta.

Dentro do quarto, inequivocamente desocupado cinco segundos antes, havia uma mulher. Ela estava sentada na beira da cama, imóvel, com as costas voltadas para a janela.

Sem esperar por uma explicação para o susto de Oscar, e sem querer nenhuma, Bray começou a remar imediatamente para longe do hotel.

– Bray! Volte! Reme de volta! – exclamou Oscar quando recuperou a voz.

– Não, Sr. Oscar, de jeito nenhum.

– Bray, estou mandando...

Bray remou de volta, relutante. Quando Oscar estendeu os braços para agarrar o batente, a janela se abriu abruptamente.

Bray se enrijeceu, o remo parado dentro d'água. O barco bateu na parede de tijolos, o choque fazendo os dois homens balançarem e quase perderem o equilíbrio.

– Eu esperei tanto, tanto tempo – falou a jovem diante da janela aberta.

Ela era alta, magra, muito branca, esguia e bonita. Seu cabelo era de um ruivo terroso, basto e levemente encaracolado. Vestia uma saia preta e uma blusa branca. No pescoço, havia um broche retangular de ouro e azeviche.

– Quem é a senhorita? – perguntou Oscar, espantado.

– Elinor Dammert.

– Quer dizer, o que faz aqui?

– No hotel?

– Sim.

– Fui apanhada pela enchente. Não consegui escapar.

– Todo mundo saiu do hotel – falou Bray. – Ou foram resgatados. Na quarta.

– Eles se esqueceram de mim – disse Elinor. – Eu estava dormindo. Não lembraram que eu estava aqui. Não ouvi ninguém chamar.

– O sino da prefeitura ficou duas horas tocando – falou Bray, emburrado.

– A senhorita está bem? – perguntou Oscar. – Há quanto tempo está aqui?

– Como ele disse, desde quarta-feira. Quatro dias. Dormi a maior parte do tempo. Não há muito mais a fazer durante uma enchente. Tem algo nesse barco que o senhor possa me dar?

– Para comer? – perguntou Oscar.

– Nada – respondeu Bray, lacônico.

– Não temos nada – repetiu Oscar. – Lamento, devíamos ter trazido algo.

– Por quê? – perguntou Elinor. – Esperavam encontrar alguém no hotel?

– Não mesmo! – respondeu Bray em um tom que sugeria que a surpresa não tinha sido agradável.

– Calado! – exclamou Oscar, irritado e também um pouco surpreso com a grosseria de Bray. – A senhorita está bem? O que fez quando a água subiu?

– Nada – respondeu Elinor. – Eu me sentei na beira da cama e esperei que alguém viesse me buscar.

– Quando olhei pela janela na primeira vez, não vi a senhorita. Não havia ninguém no quarto.

– Eu estava bem aqui – disse Elinor. – O senhor não deve ter conseguido me ver por causa do reflexo no vidro. Estava sentada ali na cama. Não ouvi vocês chegarem.

Um silêncio pairou por alguns instantes. Bray olhou para Elinor, muito desconfiado. Oscar baixou a cabeça e tentou decidir o que fazer.

– Tem espaço para mim nesse barco? – perguntou Elinor.

– Claro! – exclamou Oscar. – Vamos tirá-la daqui. A senhorita deve estar faminta.

– Vire o barco – falou Elinor para Bray. – Se parar bem debaixo da janela, consigo descer.

Bray obedeceu. Segurando o toldo com uma das mãos, Oscar se levantou e ofereceu a outra para Elinor. Ela ergueu a saia e desceu com elegância da janela do hotel. Com bastante serenidade, sem transparecer o pavor que devia ter sentido após passar quatro dias sendo a única ocupante de uma cidade quase toda submersa, Elinor Dammert se espremeu no barco entre Oscar e Bray.

– Srta. Elinor, sou Oscar Caskey, e este é Bray. Ele trabalha para minha família.

– Como vai, Bray? – perguntou Elinor, virando-se para ele com um sorriso.

– Vou bem, senhorita – respondeu Bray com um tom e uma carranca que contradiziam suas palavras.

– Vamos levá-la para um local mais elevado – disse Oscar.

– Tem espaço para as minhas coisas? – indagou Elinor, enquanto Bray posicionava o remo contra a parede do Hotel Osceola para pegar impulso.

– Não – respondeu Oscar com pesar. – O barco já está lotado. Mas podemos fazer o seguinte: assim que Bray nos deixar em terra firme, ele pode voltar para pegar seus pertences.

– Não vou entrar ali, não! – protestou Bray.

– Bray, você vai e ponto-final! – sentenciou Oscar. – Faz ideia do que a Srta. Elinor sofreu nesses quatro dias? Enquanto isso, você, mamãe, Sister e eu estávamos secos e protegidos. Com café da manhã, almoço e jantar, reclamando que trouxemos apenas dois baralhos conosco em vez de quatro. Faz ideia do que deve ter passado pela cabeça da Srta. Elinor, sozinha naquele hotel, enquanto a água subia sem parar?

– Bray – disse Elinor Dammert –, são só duas malas pequenas e eu as deixei junto à janela, no chão. Você consegue alcançá-las sem entrar.

~

Bray remava em silêncio, voltando pelo caminho por onde ele e Oscar tinham vindo. Observava as costas da jovem, que, em sua opinião, nunca deveria ter sido descoberta onde a encontraram.

Na frente do barco, Oscar queria muito encontrar algo para dizer à Srta. Elinor, mas não conseguia pensar em nada; certamente nada que justificasse o movimento desajeitado de virar o corpo e falar com ela por cima do ombro. Por sorte, enquanto pensava nisso, a carcaça de um guaxinim grande veio à tona na superfície da água escura oleosa ao passarem pela prefeitura. Oscar aproveitou para explicar que os porcos, tentando atravessar a nado a enchente, haviam rasgado o próprio pescoço com as patas dianteiras. Assim, todos tinham se afogado ou sangrado até a morte. A Srta. Elinor meneou a cabeça com um sorriso e ficou calada. Oscar não falou mais nada e só tornou a se virar quando Bray já passava pela casa do patrão.

– Eu moro aqui – comentou Oscar, apontando para o segundo andar da mansão submersa dos Caskeys.

A Srta. Elinor assentiu, dizendo que parecia ser uma casa muito grande e bonita e que gostaria de vê-la algum dia, quando não estivesse debaixo d'água. Oscar concordou em convidá-la com entusiasmo; Bray não. Poucos minutos depois, conduziu o barco por entre duas grandes raízes expostas do carvalho imponente que marcava os limites da cidade a noroeste. Oscar se levantou do barco, equilibrando-se em uma das raízes, e ajudou Elinor a descer para terra firme.

– Obrigada – disse Elinor, voltando-se para Bray. – Fico muito grata por você retornar lá. Aquelas malas são tudo o que tenho. Sem elas, não me resta nada.

Em seguida, Oscar e ela seguiram em direção à Igreja Batista da Graça de Sião, que ficava em uma colina a cerca de 1,5 quilômetro dali, onde as primeiras famílias de Perdido tinham se refugiado.

⁓

Quinze minutos depois, Bray já havia conduzido o barco de volta até a lateral do Hotel Osceola. Nesse rápido intervalo, a água já tinha baixado vários centímetros. Ele ficou sentado ali um bom tempo, apenas olhando para a janela aberta vazia, tentando reunir coragem para esticar o braço e pegar as bagagens.

– Que fome! – exclamou para si mesmo. – Aliás, o que aquela mulher comia?!

O som da própria voz lhe deu forças, apesar de ter enunciado parte daquele mistério desagradável que cercava Elinor Dammert, e ele virou o barco para recostar o ombro na parede do hotel. Segurando o batente de concreto com uma das mãos, esticou o outro braço rapidamente para dentro do quarto. A mão dele se fechou em volta da alça de uma maleta. Ele a puxou pela janela até o barco. Respirou fundo e tornou a lançar o braço para resgatar a outra.

Dessa vez, a mão não encontrou nada.

Ele a recolheu. Fitou o sol por um instante com os olhos semicerrados e apurou os ouvidos, mas não ouviu qualquer som além do raspar do barco nos tijolos laranja do hotel. Enfiou a mão de volta e a moveu por dentro do quarto. A segunda maleta não estava lá.

Não restava nada a fazer senão vasculhar o quarto: passar a cabeça pela abertura e correr os olhos pelo cômodo, em busca da segunda mala da Srta. Elinor.

Com a consciência aterradora de que era a única pessoa em toda a Perdido naquele instante, Bray se sentou de volta no barco e ponderou a questão. Se olhasse pela janela, talvez visse a mala ao alcance da mão. Essa, sem dúvida, seria a melhor das hipóteses, pois então poderia pegá-la de forma simples. Por outro lado, talvez visse que a mala estava longe. Nesse caso, seria preciso entrar pela janela. Não faria isso. Poderia dizer ao Sr. Oscar que não fora possível sair do barco porque não conseguiu amarrá-lo.

Bray se levantou e agarrou o toldo para manter o equilíbrio. Olhou pela janela, mas não viu a segunda maleta em lugar algum. Simplesmente não estava ali.

Sem pensar, se debruçou sobre o parapeito e olhou ao longo de toda a parede. Sua curiosidade havia superado o medo.

– Misericórdia – murmurou. – Sr. Oscar... – disse para si mesmo, ensaiando o pedido de perdão pelo fracasso no resgate das duas maletas. – Juro que corri os olhos pelo quarto inteirinho. Não tava lá. Até podia ter entrado, mas não tinha onde amarrar o barco, então...

Mas havia onde amarrá-lo: uma lingueta de metal em volta da qual a corda da veneziana fora presa. Bray amaldiçoou os próprios olhos por notar aquilo. Por maior que fosse o medo, sabia que não poderia mentir para o Sr. Oscar. Então, amarrou o cabo de atracação fino em torno da lingueta. Com o barco ancorado à janela, Bray ergueu com cuidado um dos pés, pousando-o no batente, e se viu dentro do quarto de hotel com um único salto.

O tapete estava encharcado. Água imunda brotava sob as botas dele. O sol matinal entrava pela janela, banhando o corredor leste. Bray se aproximou da cama em que o Sr. Oscar vira a Srta. Elinor sentada. Usou um dedo para pressionar a colcha e checar seu estado. Também estava ensopada e coberta de limo escuro. Embora mal tivesse feito força, uma poça de água podre se formou em volta de seu dedo.

– Não tava lá! – exclamou Bray, ainda ensaiando a conversa que teria com o Sr. Oscar.

*Por que não olhou debaixo da cama?*, exigiu saber o Sr. Oscar na mente de Bray.

Ele se abaixou. Água preta e viscosa pingava ao redor de toda a bainha da colcha. Debaixo da cama, havia uma poça escura de água pegajosa e fedorenta.

– Deus me livre e guarde! Onde aquela mulher dormiu? – sussurrou Bray.

Ele se virou rapidamente. Nem sinal da maleta. Foi até o roupeiro e o abriu. Nada além de 2 centímetros de água em cada gaveta no lado esquerdo. O quarto não tinha closet nem outro lugar em que a maleta pudesse estar escondida.

– Por Deus, Sr. Oscar! Alguém veio e roubou ela!

Bray já havia voltado à janela, mas, na mente dele, o Sr. Oscar ordenou: *Bray, por que não olhou no corredor?*

– Porque aquele quarto velho já era ruim demais... – murmurou Bray.

A porta do corredor estava cerrada, mas havia uma chave na fechadura. Bray foi até lá e experimentou a maçaneta. Estava trancada, então ele girou a chave, que estava viscosa e preta. Bray abriu a porta.

Ele olhou pelo corredor longo, sem carpete. Nenhuma maleta. Nada. Bray se deteve por um instante, esperando que a voz do Sr. Oscar o mandasse seguir em frente. Mas a voz não veio.

Bray respirou aliviado e fechou a porta devagar. Ele voltou à janela e desceu com cuidado, retornando ao barco. Foi somente ao desfazer o nó do cabo de atracação, saboreando a ideia de ter passado por aquela aventura desagradável em segurança, que notou algo que não percebera antes: a luz do sol que atravessava a janela agora iluminava a marca do nível que a água havia atingido no papel de parede escuro. Era cerca de meio metro mais alta do que a cabeceira da cama ainda feita de Elinor Dammert.

Se a água subira tão alto, como a mulher conseguiu sobreviver?

## CAPÍTULO 1

## *As mulheres de Perdido*

A Igreja Batista da Graça de Sião ficava na Velha Estrada Federal, cerca de 2,5 quilômetros além de Perdido. Sua congregação era composta de batistas conservadores, linha-dura, de modo que a igreja era uma das construções mais desconfortáveis que se pode imaginar: um único salão pintado de branco com um teto abobadado que concentrava calor no verão e frio no inverno, quando grilos barulhentos se abrigavam ali; no meio do ano, era a vez das baratas voadoras. Era uma construção antiga, erguida sobre uma base de tijolos alguns anos antes da Guerra de Secessão, então às vezes gambás e cascavéis viviam na areia escura debaixo dela.

Os membros da congregação batista de Perdido eram conhecidos por três coisas: seus bancos, que eram muito duros; seus sermões, que eram muito longos; e sua pastora, uma mulher minúscula de cabelos pretos e risada estridente, chamada Annie Bell Driver. Às vezes, as pessoas aturavam os bancos sem encosto e os sermões de três horas só pela novidade de ouvir uma mulher se apresentar diante da igreja, em um púlpito, para falar sobre pecado, condenação e a ira de Deus. Annie Bell tinha um marido insignificante, três filhos homens insignificantes e uma menina chamada Ruthie, que seria exatamente como a mãe ao crescer.

Quando as águas dos rios começaram a subir, Annie Bell abriu as portas da igreja para acolher qualquer pessoa que precisasse abandonar seu lar. Por acaso, os primeiros a fazer isso naquela parte da cidade foram as três famílias mais ricas de Perdido: os Caskeys, os Turks e os DeBordenaves. Eram donas das três madeireiras da cidade, sendo que a indústria da madeira era a única de Perdido.

Portanto, quando as águas vermelhas e lamacentas do rio Perdido inundaram seus quintais, as três famílias buscaram as carroças e as mulas de suas fábricas, as estacionaram diante dos alpendres de suas belas casas e as encheram de baús, barris e caixas de comida, roupas e artigos de valor. O que não pôde ser levado foi carregado para os andares superiores das casas. Somente os móveis mais pesados continuaram nos andares de baixo, pois se acreditava que essas mobílias conseguiriam sobreviver à elevação do nível da água.

Cobertas de lona, as carroças foram conduzidas pela floresta até a igreja. As famílias vieram em seguida, em seus automóveis, enquanto os criados vieram a pé. Apesar das lonas e das capotas que cobriam os carros, dos guarda-chuvas e dos jornais que os criados seguravam sobre as cabeças, e da abóbada espessa formada pelo próprio pinheiral, tudo e todos chegaram encharcados.

Os bancos foram afastados do caminho e colchões foram trazidos e dispostos no chão da igreja. As mulheres brancas ficaram com um canto, as criadas negras com o outro, as crianças com um terceiro, e o quarto canto foi reservado para o preparo da comida. Esse refúgio foi pensado apenas para mulheres e crianças; todos os homens continuaram na cidade, salvando o que podiam nas madeireiras, ajudando os comerciantes a subirem as mercadorias das prateleiras inferiores para as mais altas, removendo os doentes e convencendo os relutantes a seguirem para áreas mais elevadas.

Por fim, quando a cidade foi abandonada às águas, os homens e criados das famílias Caskey, Turk e DeBordenave dormiram na casa dos Drivers, que ficava a menos de 100 metros da igreja.

As crianças encaravam toda aquela comoção como uma aventura; os criados a encaravam como mais trabalho, e bem menos agradável do que o habitual. As esposas, mães e filhas ricas dos donos das fábricas não diziam nada sobre as dificuldades e o incômodo. Não lamentavam a perda de suas casas e de seus pertences. Sorriam para as crianças, os criados e umas para as outras, além de paparicarem a pequena Ruthie Driver. Havia cinco dias que a Igreja da Graça de Sião era seu lar.

～

Na manhã do domingo de Páscoa, Mary-Love Caskey e sua filha, Sister, estavam com Annie Bell Driver no canto da igreja. Eram as únicas acordadas no salão amplo. Caroline DeBordenave e Manda Turk estavam perto delas, em colchões próximos; ambas roncavam baixinho, viradas uma para a outra. As criadas estavam deitadas com suas crianças no lado oposto, remexendo-se de vez em quando, balbuciando algo em seus sonhos sobre a enchente e os mocassins-d'água, ou então erguendo a cabeça e olhando confusas ao redor antes de voltarem a dormir.

– Vá lá fora – sussurrou Mary-Love para Sister – e veja se Bray e seu irmão já estão vindo pela estrada.

Obediente, Sister se levantou. Ela era magra e ossuda, como a mãe viúva. Tinha o cabelo igual ao de todos os Caskeys: fino e forte, mas sem uma cor definida, o que o tornava bastante comum. Embora ela tivesse apenas 27 anos, todas as mulheres de Perdido, fossem brancas ou negras, ricas ou pobres, sabiam que Sister Caskey jamais se casaria ou sairia de casa.

As carroças com todos os pertences dos Caskeys, Turks e DeBordenaves tinham sido estacionadas diante da igreja e eram guardadas dia e noite por um ou dois criados com espingardas. O condutor dos DeBordenaves dormia sentado na carroça mais próxima da estrada, e Sister andou com cuidado para não o incomodar.

Ela olhou a trilha que cruzava o pinheiral, na direção de Perdido. O sol se erguia sobre os pinheiros altos e brilhou contra seus olhos, mas a luz na floresta ainda era fraca, esverdeada e carregada do orvalho da manhã. Sister levantou a cabeça, esticando o pescoço de um lado para outro. O condutor se remexeu na carroça e falou:

— É a Srta. Caskey que está aí?

— Por acaso viu Bray e meu irmão?

— Não vi, não, Srta. Caskey.

— Então volte a dormir. É manhã de Páscoa.

– O Senhor ressurgiu! – exclamou não muito alto o condutor, pousando o queixo no peito.

Sister protegeu os olhos daquele sol matinal úmido, da cor de manteiga artesanal barata. Um homem e uma mulher despontaram de um véu de neblina na floresta e pararam na trilha das carroças.

~

– Aonde sua menina foi? – perguntou Annie Bell Driver.

– Bem – respondeu Mary-Love, esticando o pescoço –, eu pedi que fosse ver se Oscar e Bray estavam chegando. Eles foram até a cidade para verificar o nível do estrago. Não queria que fossem, Sra. Driver. Quero Oscar longe de barcos a remo. Desde pequeno, ele sempre gostou de correr os dedos pela água, sem pensar no que fazia. Aquelas águas estão cheias de cobras e sanguessugas, garanto! Então pedi para Bray tomar conta dele, mas ele nunca presta atenção – concluiu Mary-Love com um suspiro pesaroso.

Sister apareceu à porta.

– Conseguiu vê-los, Sister? – quis saber Mary-Love.

– Só o Oscar – respondeu Sister, hesitante.

– Bray não está com ele? – perguntou a mãe.

— Não o vi.

— Vou agora mesmo falar com Oscar — disse Mary-Love ao se levantar.

— Mamãe — chamou Sister. — Tem alguém com ele.

— Quem?

— Uma mulher.

— Que mulher? — Mary-Love foi até a porta aberta da igreja e olhou para fora.

Viu o filho 30 metros adiante na estrada de terra, conversando com uma mulher mais magra e ossuda do que a própria Mary-Love.

— Quem é, mamãe? Ela tem o cabelo ruivo.

— Não sei, Sister.

Annie Bell parou atrás de Mary-Love e Sister.

— Ela é de Perdido? — perguntou a pastora.

— Não! — exclamou Mary-Love, com firmeza. — Ninguém em Perdido tem os cabelos dessa cor!

Uma trilha para carroças atravessava o pinheiral a partir do carvalho em que Bray deixara Oscar e Elinor. Em seguida, passava pela Igreja da Graça de Sião e pela casa dos Drivers, cruzando a Velha Estrada Federal, e terminava cerca de 5 quilômetros depois em um canavial administrado por uma família negra de sobrenome Sapp.

Oscar Caskey foi o primeiro cavalheiro de Perdido; mesmo em uma cidade tão pequena, essa distinção tem seu valor. Ele foi o primeiro não só por direito de nascença, sendo o herdeiro reconhecido dos Caskeys, mas também pela aparência e pela postura natural.

Ele era alto e ossudo, como todos os Caskeys, mas seus movimentos se mostravam mais desenvoltos e graciosos do que os da irmã e da mãe. Seus traços eram finos e expressivos, a fala calculada, elegante e jovial. Havia um brilho em seus olhos azuis, e ele parecia sempre conter um sorriso. Seu modo de falar cortês não se alterava, fosse quem fosse o interlocutor. Era tão gentil com a companheira de Bray quanto com um fabricante rico de Boston que viesse inspecionar a madeireira dos Caskeys.

Na manhã de Páscoa, enquanto Oscar e Elinor caminhavam por ali, o sol brilhava às costas deles, atravessando as copas das árvores. Vapor emanava do orvalho nas agulhas de pinheiro sob seus pés, ondulando ao redor dos dois. Grandes lençóis d'água, estáticos e fumegantes, surgiam vez ou outra nas pequenas depressões em ambos os lados da trilha, onde a água subira acima do nível do solo.

– Isso não é água do rio, são lençóis freáticos – explicou Oscar. – A senhorita poderia ficar de quatro como um cão e bebê-la. – Ele ficou tenso de repente, com medo de que pudesse ter sido uma sugestão indelicada. Para mascarar qualquer possível constrangimento, virou-se para a Srta. Elinor e perguntou: – O que a senhorita bebeu no Osceola? Creio que não seja possível beber água de enchente sem morrer no mesmo instante.

– Não bebi nada – respondeu Elinor.

Ela pareceu não se importar que a resposta o espantasse.

– Srta. Elinor, está dizendo que passou sede por quatro dias?

– Não estou com sede – disse Elinor. – Mas estou faminta.

Ela afagou a barriga, como se quisesse aplacar roncos, embora Oscar não tivesse ouvido nada e a Srta. Elinor certamente não parecesse ter passado quatro dias de jejum.

Eles percorreram alguns metros em silêncio.

– O que trouxe a senhorita até aqui? – indagou Oscar, educadamente.

– Até Perdido? Vim trabalhar.

– E qual é sua profissão?

– Sou professora.

– Meu tio faz parte do conselho – disse Oscar, empolgado. – Talvez ele possa conseguir um emprego para a senhorita. Mas por que Perdido? É uma cidade tão afastada. Na verdade, um fim de mundo. Ninguém vem a Perdido a não ser para assinar um cheque e comprar madeira.

– Suponho que a enchente tenha me trazido – falou Elinor, rindo.

– Já havia passado por uma enchente como essa antes?

– Por muitas – respondeu ela. – Muitas e muitas...

Oscar suspirou. Elinor estava, de alguma forma, zombando dele. Ele imaginou que ela se encaixaria bem em Perdido se o tio lhe conseguisse um emprego na escola. Em Perdido, todas as mulheres zombavam de todos os homens.

Os caixeiros-viajantes ianques que chegavam à cidade e ficavam no Osceola conversavam com os homens que administravam as fábricas, compravam nas lojas em que os homens de Perdido trabalhavam e cortavam os cabelos – com um homem – enquanto falavam com outros homens que passavam manhãs e tardes inteiras vadiando na barbearia, mas nem imaginavam que eram as mulheres que davam as cartas na cidade.

Oscar se perguntou se também era assim em outras cidades do Alabama. Talvez fosse igual em todos os lugares, pensou, apavorado. Mas, quando os homens se reuniam, nunca falavam sobre sua impotência. Aquela sensação não era mencionada nos jornais nem nos discursos dos senadores no Congresso. No entanto, enquanto Oscar caminhava com Elinor pelo pinheiral úmido, suspeitava que, se ela representava as mulheres de outras regiões (pois certamente vinha de algum lugar), então era provável que os homens também fossem impotentes em outras cidades, não só em Perdido.

— De onde a senhorita vem? — indagou ele.

— Do Norte.

— Então não é uma ianque! — exclamou.

O sotaque de Elinor sem dúvida não era irritante como o dos ianques, pois tinha algo sulista, com vogais que fluíam bem aos ouvidos de Oscar. Mas havia algo de estranho nele, como se ela estivesse mais habituada a outro idioma. A mente de Oscar foi invadida pela imagem repentina, ao mesmo tempo intensa e improvável, de Elinor deitada na cama do Osceola, ouvindo as vozes dos homens nos quartos e ao longo dos corredores, imitando as entonações e armazenando o vocabulário.

— Quer dizer, do norte do Alabama — falou ela.

— De que cidade? Será que conheço?

– Wade.

– Nunca ouvi falar.

– No condado de Fayette.

– A senhorita se formou onde?

– Na Faculdade de Huntingdon. E tenho um certificado que me habilita a lecionar. Está na mala que Bray foi buscar. Espero que não tenha acontecido nada com minhas malas. Todas as minhas credenciais estão em uma delas.

Ela expressava sua preocupação com certa apatia, como se não se importasse com o destino das malas, mas tivesse lembrado de repente que deveria se importar.

– Bray é um homem responsável e tem um galo bem aqui que não o deixa esquecer – falou Oscar, tocando a testa como se quisesse apontar onde o tal galo teria crescido na cabeça de Bray. – Quando era mais novo, ele tinha o hábito de não cumprir seus deveres. Um dia, em represália, eu o acertei na cabeça com uma tábua. Formou um calombo, e ele nunca mais me deixou na mão.

Enquanto falava, Oscar decidiu que seria benévolo e conveniente atribuir toda aquela atitude misteriosa da Srta. Elinor à confusão mental causada pelos quatro dias que ela havia passado em um hotel alagado.

– Mas ainda não entendo por que a senhorita veio até Perdido – insistiu.

Um véu de neblina se dissipou diante deles, permitindo que pudessem ser vistos da igreja. A irmã de Oscar estava parada nos degraus de entrada, tentando enxergá-lo.

– Porque ouvi dizer que havia algo aqui para mim – respondeu Elinor com um sorriso.

∽

Oscar apresentou Elinor Dammert à mãe, à irmã e à pastora.

– Não faremos o culto matinal de Páscoa este ano – avisou Annie Bell. – A cidade está muito caótica. Se as pessoas conseguem dormir sabendo que suas casas e posses estão debaixo d'água, que durmam.

– A Srta. Elinor veio a Perdido em busca de um emprego na escola para o próximo outono – disse Oscar –, mas ficou presa no Osceola quando a água começou a subir. Bray e eu acabamos de encontrá-la.

– Onde estão suas roupas e seus pertences, Srta. Elinor? – indagou Sister, solidária.

– A senhorita deve ter perdido tudo – disse Mary-Love, olhando para os cabelos de Elinor. –

As águas da enchente levaram tudo embora. Estou surpresa que tenha conseguido sobreviver.

– Não me resta nada – respondeu Elinor com um sorriso que não era nem de resignação corajosa, tampouco de indiferença calculada, mas que parecia zombar do comentário.

– De onde a senhorita veio? – perguntou Annie Bell.

Um dos filhos dos criados tinha acordado no interior da igreja e espreitava, sonolento, da porta da frente.

– Eu me formei em Huntingdon – explicou Elinor. – Vim dar aula na escola daqui.

– A escola está submersa – falou Oscar, balançando a cabeça com pesar. – O corpo docente agora é um cardume de pargos.

– Eu vi duas carteiras flutuando pela Palafox Street – comentou Sister.

– A única coisa que os professores conseguiram salvar foram os livros de notas – disse Mary-Love.

– Vocês têm algo para comer? – perguntou Elinor. – Passei quatro dias sentada na beira da cama no Hotel Osceola vendo a água subir. Só comi um salmão enlatado e uma caixa de biscoitos. Estou quase desmaiando.

– Levem a Srta. Elinor para dentro! – exclamou Annie Bell.

Sister pegou a mão de Elinor e a ajudou a subir os degraus da igreja.

– Bray trouxe alguns enlatados da despensa do Sr. Henderson, pois já estava inundada – disse Sister. – Os rótulos estão ilegíveis, então só saberemos o que há dentro depois de abri-las. Às vezes comemos vagens no café da manhã e ervilhas no jantar, mas é fácil identificar as latas de salmão por causa do formato. É claro que a senhorita não precisa comer mais salmão. Bem, a não ser que queira.

– Obrigada por me resgatar, Sr. Oscar – disse Elinor, virando-se quando chegou ao último degrau.

Oscar fez menção de segui-la até dentro da igreja, mas a mãe tocou seu braço e disse:

– Você não pode entrar, Oscar. Caroline e Manda ainda estão usando roupas de dormir.

Oscar observou a Srta. Elinor entrar na igreja, então se despediu da mãe e se encaminhou de volta à estrada, em direção à casa dos Drivers. No caminho, inclinou de leve o chapéu para o condutor que dormia.

Elinor se serviu de salmão e biscoitos em um dos cantos da igreja. Sentada em um dos bancos, ela olhava para o pequeno grupo de crianças adormecidas no lado oposto. Todos os criados tinham se levantado e estavam reunidos em outro canto mais à frente, tentando se lavar e se vestir da melhor forma possível naquelas circunstâncias. Sister estava sentada ao lado de Elinor e, vez ou outra, sussurrava alguma pergunta que era respondida no mesmo tom.

Caroline DeBordenave e Manda Turk haviam se levantado a tempo de ver a estranha ser conduzida até ali por Sister. Elas se vestiram depressa e saíram a passos rápidos da igreja para questionar Mary-Love, que as esperava do outro lado de uma das carroças. No mesmo instante, as três mulheres começaram a falar sobre o cabelo ruivo terroso de Elinor Dammert e a circunstância peculiar de ela ter sido esquecida por quatro dias no Hotel Osceola.

A única conclusão a que chegaram foi que a situação não era apenas peculiar. Era obviamente misteriosa.

– Quem me dera – disse Caroline, uma mulher corpulenta, com um sorriso hesitante – que pudéssemos fazer algumas perguntas a Oscar sobre a Srta. Elinor.

– Oscar não sabe de nada – falou Manda, que era ainda mais corpulenta. Estava com sua carranca habitual, que era tudo menos hesitante.

– Por que não? – indagou Caroline. – Oscar a resgatou daquele quarto no Hotel Osceola. Foi ele quem a trouxe de barco para terra firme. Deve ter conversado com ela no caminho.

– Os homens nunca sabem quais perguntas fazer – respondeu Manda. – Perguntar ao Oscar vai ser a mesma coisa que nada. Não é verdade, Mary-Love?

– É – disse ela. – Temo que sim, mesmo que se refira ao meu filho. Sister está falando com ela agora. Deve conseguir extrair mais alguma informação.

– Lá vem o Bray – falou Manda, apontando para a trilha que se embrenhava no pinheiral.

Mais alto e quente no céu, o sol fazia subir ainda mais vapor do solo encharcado. O homem surgira de repente da névoa, balançando uma maleta na mão direita.

– Aquela maleta é sua? – perguntou Caroline a Mary-Love.

– Não – respondeu a outra. – Deve ser dela.

– Esta é a maleta dela, Bray? – indagou Manda, erguendo a voz.

– Com certeza – falou Bray ao se aproximar, sabendo que "ela" se referia à mulher que fora resgatada do Osceola.

– O que tem dentro? – perguntou Caroline.

– Não sei, não abri – respondeu Bray. Ele se deteve. – Ela tá dentro da igreja? – indagou.

– Está tomando café da manhã com a Sister – disse Mary-Love.

– Eram duas malas – falou Bray, parando junto às três mulheres.

– E cadê a outra? – questionou Caroline.

– Você deixou no barco? – supôs Manda.

– Não sei onde a segunda mala foi parar – respondeu Bray.

– Você a perdeu?! – exclamou Mary-Love. – Essas malas são tudo o que resta àquela mulher e você perdeu uma delas?

– Ela vai ficar furiosa com você, Bray – disse Manda. – Vai arrancar sua cabeça fora!

Bray estremeceu, pois temia que essa previsão pudesse se tornar realidade.

– Não sei onde se meteu aquele raio de mala, Sra. Turk. Quando o Sr. Oscar e eu botamos a mulher no barco, ela falou que as duas malas estavam junto da janela. Eu trouxe ela e o Sr. Oscar até aqui, e o Sr. Oscar falou: "Bray, reme de volta!" Eu obedeci e, quando cheguei na janela, só tinha uma mala! Só uma! Onde é que a outra foi parar?

Nenhuma das mulheres se aventurou a responder a Bray. Ele entregou a mala a Mary-Love.

– Quem sabe alguma coisa não esticou o braço pra fora d'água, meteu a mão pela janela, achou a mala e levou ela lá pro fundo?

– A única coisa que tem naquelas águas são galinhas mortas – falou Manda com desdém.

– O que será que tem aí dentro? – indagou Caroline, meneando a cabeça para a maleta na mão de Bray.

Mary-Love deu de ombros.

– Bray, vá até a casa da Sra. Driver e coma alguma coisa. Vou dizer à Srta. Elinor que você fez o que pôde.

– Ah, agradecido, Sra. Caskey. Não queria ter que falar com ela...

Ele afastou o corpo da árvore em que havia se recostado e retornou a passos largos pela trilha. As três mulheres baixaram os olhos para a maleta de Elinor Dammert: um objeto gasto, de couro preto, com alças largas. Em seguida, voltaram para dentro da igreja.

Ficou óbvio que Elinor não se importou com a perda de uma de suas malas. Ela não culpou Bray nem insinuou que ele poderia ter largado o objeto na água e mentido; não cogitou que outra pessoa tivesse passado de barco pelo hotel e enfiado a mão pela janela para roubá-lo; não pareceu incomodada por ter perdido metade do pouco que lhe restava no mundo.

– Meus livros estavam na mala. E meu certificado de professora. E meu diploma da Faculdade de Huntingdon. E minha certidão de nascimento. Vou ter que pedir outra via pelo correio. Isso demoraria muito? – perguntou ela a Sister, que não fazia ideia, mas achava que sim. – Eu gostaria de me lavar e trocar de roupa – completou.

– Não temos onde fazer isso – falou Sister. – Nós buscamos água do córrego.

– Ah, claro – disse a Srta. Elinor, parecendo conhecer cada centímetro cúbico dele.

– O córrego que fica atrás da igreja – esclareceu Caroline DeBordenave, como se a Srta. Elinor tivesse perguntado "Que córrego?", já que era o que devia ter feito. – Só dá para vê-lo se souber onde procurar.

– Ele não foi afetado pela enchente? – perguntou Elinor.

– Não – respondeu a Sra. Driver. – O terreno lá atrás fica íngreme rapidamente, formando colinas. Toda a água escoa diretamente para Perdido. A água do córrego é boa, cristalina.

– Perfeito – disse Elinor –, então vou até lá me banhar.

Ela se levantou imediatamente, e Sister se prontificou a indicar o caminho, mas Elinor lhe garantiu que conseguiria encontrá-lo sem ajuda. Ela seguiu a passos ágeis por entre as crianças ainda adormecidas e saiu pela porta dos fundos, carregando a maleta preta gasta. Manda, Mary-Love e Caroline foram até Sister.

– O que ela contou? – inquiriu Manda, falando por todas.

– Nada – respondeu Sister, percebendo, com uma vergonha repentina, que havia falhado no que as três mulheres julgavam ser sua função. – Falei com ela sobre a escola e sobre Perdido. Ela quis saber sobre a enchente, as fábricas, quem era quem e coisas do gênero.

– Sim, mas o que você perguntou para *ela*? – indagou Caroline.

– Perguntei se ela achou que iria se afogar.

– Se afogar? – disse Mary-Love – Sister, você é inacreditável!

– Sim, no Osceola – falou Sister, defendendo-se. Estava sentada na beirada do banco, cercada pelas três mulheres. – Ela disse que não ficou assustada, nem um pouco... Falou que nunca se afogaria.

– E isso foi tudo que descobriu? – questionou Manda, exasperada.

– Isso foi *tudo* – disse Sister, encolhendo-se. – O que eu deveria ter descoberto? Ninguém me falou...

– Você deveria ter descoberto *tudo* – replicou sua mãe.

Caroline balançou a cabeça.

– Você não entende, Sister?

– O quê?

– Que há algo estranho.

– Não entende que há algo *errado* – disse Manda, corrigindo-a.

– Não!

– Pois devia – falou Mary-Love. – Olhe para o cabelo dela! Alguma vez já viu um cabelo daquela cor? Parece até que ela o mandou tingir em Perdido, isso sim!

～

Annie Bell sabia o que estava acontecendo. Ela havia visto as três mulheres mais ricas de Perdido cercar Bray e interrogá-lo sobre a maleta preta que ele trouxera. Depois, viu quando interrogaram a pobre Sister. Enquanto ela tentava em vão justificar seu fracasso em descobrir qualquer informação relevante, alegando que não queria ser intrometida, Annie Bell saiu às escondidas pela porta dos fundos da igreja e, com algo em sua mente que não podia ser definido exatamente como "curiosidade", seguiu com cautela pelo declive escorregadio coberto de agulhas de pinheiro, agarrando-se aos troncos das árvores resinosas para manter o equilíbrio. O vapor subia da vegetação rasteira e dos ramos verdes dos pinheiros e ondulava do próprio córrego.

O riacho era raso, estreito, límpido e rápido, muito diferente das águas escuras e profundas dos rios Blackwater e Perdido. Ele atravessava o pinheiral, descrevendo um curso que parecia mudar todos os anos. Rasgava o carpete de agulhas de pinheiro e despia o xisto que havia por debaixo delas, abrindo sulcos na pedra e trazendo à tona ilhas minúsculas de areia e seixos.

Annie Bell parou à beira do córrego, pois o curso d'água era inconstante demais para ter gerado algo parecido como uma margem, e olhou de um lado para outro, tentando determinar sua extensão. Ele fazia uma curva floresta adentro cerca de 30 metros adiante, e outra cerca de 15 metros na direção oposta. Não havia sinal da mulher de cabelos ruivos.

Annie Bell ficou na dúvida se deveria seguir no sentido da correnteza, na direção contrária ou voltar à igreja para respeitar a privacidade da mulher. Afinal, depois de quatro dias no andar mais alto de um hotel inundado até a metade, ela dificilmente tivera a oportunidade de se lavar, exceto nas águas da enchente – o que, convenhamos, de nada adiantaria, pois só serviria para deixar a pessoa ainda mais suja, além de ser algo totalmente insalubre.

Decidiu seguir contra a correnteza e fazer a curva naquele sentido. Foi só então que notou a maleta preta de Elinor pousada em um banco de areia no lado oposto do córrego. Não a havia notado antes, pois se misturava bem à vegetação espessa do outro lado do curso d'água.

A mente dela foi tomada por um pensamento repentino: após sobreviver à enchente dos rios Perdido e Blackwater, Elinor havia se afogado em um córrego sem nome e minúsculo. Mas então ela ponderou que, para se afogar, é preciso encontrar um ponto profundo suficiente para cobrir a própria cabeça por completo, algo raro ao longo de todo aquele córrego raso. Na verdade, aquele curso d'água era tão seguro que Annie Bell jamais alertara seus filhos mais novos a não entrarem nele. Não era fundo o bastante para que se afogassem, e corria rápido demais para haver mocassins-d'água e sanguessugas.

Mas se a maleta da mulher estava ali, e não havia possibilidade de ela ter se afogado, onde estaria então Elinor Dammert?

Annie Bell deu dois passos contra a correnteza, e estava prestes a agarrar um galho de pinheiro para saltar sobre um trecho de solo encharcado, quando parou de repente. O pé dela pousou na terra e afundou até a água entrar pelos buracos dos cadarços.

Ali, submersa em uma vala estreita que parecia ter sido cavada sob medida para seu corpo, estava Elinor Dammert, nua. Ela segurava um punhado de algas nas mãos, mas estava completamente imóvel.

– Meu Senhor! – exclamou Annie Bell. – Não é que ela se afogou mesmo?!

Annie olhou melhor. Embora a água fosse límpida e funda o suficiente apenas para cobrir o corpo, ela causara uma transformação visível: sob a lente daquela correnteza veloz, a pele da Srta.

Elinor parecia curtida, esverdeada, áspera, quando antes era de uma brancura translúcida.

Além disso, enquanto a pastora observava a cena, os traços do rosto submerso da mulher pareciam se distorcer. O que antes era belo, com linhas finas e delicadas, agora era tosco, repuxado e achatado. A boca se expandira de tal forma que os lábios desapareceram. Os olhos sob as pálpebras fechadas incharam, formando duas grandes cúpulas redondas. As pálpebras em si ficaram quase transparentes, um risco preto rasgando as esferas dilatadas de uma ponta a outra, como a linha do equador no globo terrestre.

Ela não estava morta.

As pálpebras finas, esticadas sobre as cúpulas protuberantes, se abriram devagar. Dois olhos imensos – do tamanho de ovos de galinha, pensou alucinadamente a Srta. Driver – fitaram-na através da água e encontraram o olhar da pastora.

Annie Bell recuou, chocando-se contra uma árvore. O galho ao qual se segurava se partiu acima de sua cabeça.

Elinor se ergueu das águas. A transformação pela qual ela havia passado submersa se mantinha, e a Sra. Driver se viu diante de uma criatura verde-acinzentada, maciça e disforme, com um corpo flácido e uma cabeça enorme com olhos frios e vidrados. As pupilas eram verticais, fendas finas como traços de lápis. Então, à medida que a água escorria de volta para o córrego, Elinor se revelou diante dela com um sorriso encabulado, bonita outra vez e corando de vergonha por ter sido flagrada sem roupa.

A Sra. Driver respirou fundo e disse, muito baixinho:

— Estou me sentindo meio zonza...

— Sra. Driver! — exclamou a Srta. Elinor. — A senhora está bem?

O aspecto lamacento parecia ter sido lavado dos cabelos dela. Agora eram de um ruivo escuro, intenso, que lembrava um banco de argila reluzindo sob o sol forte que surge após uma tempestade. Ninguém em Perdido jamais vira algo tão vermelho quanto aquilo.

— Estou bem — respondeu Annie Bell, a voz fraca —, mas que susto a senhorita me deu! O que estava fazendo naquela água?

— Ah! — falou Elinor com uma voz relaxada, sorridente. — Depois de uma enchente daquelas, não há forma melhor de se lavar. Isso eu garanto, Sra. Driver!

Ela se ergueu com um passo e voltou ao banco

de areia em que deixara a maleta. Se a Sra. Driver não estivesse tão tonta, não teria dúvidas de que, quando a Srta. Elinor ergueu o outro pé do galho, ele não era tão branco e esguio quanto o que já estava apoiado na areia. Tinha um aspecto diferente: rotundo, achatado, cinzento e membranoso.

*Ora, foi só o efeito da água!*, pensou Annie Bell, fechando os olhos com força.

## CAPÍTULO 2

## *O baixar das águas*

James Caskey, tio de Oscar e cunhado de Mary-Love, era um homem calado, sensível e melindroso, com facilidade para atrair problemas e dificuldade em se livrar deles. Era esguio ("magricela", diriam alguns), meigo e abastado, pelo menos para os padrões de uma cidade pequena em um condado humilde de um estado empobrecido.

Era infeliz no casamento, mas, para o alívio de Perdido, Genevieve, sua esposa, passava a maior parte do tempo com a irmã casada em Nashville. James tinha uma filha de 6 anos chamada Grace, bem como a reputação de carregar a "marca da feminilidade", apesar de ter mulher e filha. Vivia na casa que seu pai construíra em 1865. Aquela tinha sido a primeira casa luxuosa erguida em Perdido, embora, para os padrões atuais, fosse modesta: apenas dois salões, uma sala de jantar e três quartos, tudo em um só andar.

A cozinha, que no início ficava separada, havia sido integrada à casa com a construção de um longo anexo – que dispunha de quarto infantil, uma sala de costura e dois banheiros. A casa era antiquada, com pé-direito alto, cômodos quadrangulares amplos, lareiras de tijolos e lambris de madeira escura, mas a mãe de James fora uma mulher de bom gosto, portanto o imóvel era bem mobiliado.

Agora, ele não sabia o que restava na casa que, havia sete dias, estava submersa pelas águas lamacentas na zona nobre de Perdido. Quando Bray o levou de barco pela cidade, James Caskey só reconheceu sua casa porque viu a moradia vizinha da irmã (que tinha dois andares) e a chaminé de tijolos da cozinha, que era mais alta do que as dos salões.

No entanto, por mais que amasse cada peça do mobiliário da mãe, James não vinha pensando muito no que havia dentro do imóvel. O que ocupava seus pensamentos era a fábrica, cuja perda, fosse ela total ou temporária, traria tempos difíceis para toda a comunidade.

A madeireira dos Caskeys, de propriedade conjunta de James e Mary-Love, e administrada por James e Oscar, empregava 339 homens e 22 mulheres. O funcionário mais novo era bisneto do mais velho, que gravava o trevo dos Caskeys nas tábuas das madeiras nas quais a empresa se especializava: nogueira-pecã, carvalho, cipreste e cedro. Por saber o quanto essas 361 pessoas sofreriam se a fábrica não voltasse a operar rapidamente, James pediu que Bray o levasse de barco até as instalações ainda submersas, para avaliar o que poderia ser feito (se é que poderia fazer algo).

O corpo franzino de James lhe dava uma aparência frágil, impressão intensificada por seus movimentos, em geral lentos e calculados, que revelavam (até onde permitia um corpo com tendência a espasmos) certa elegância flácida. Sem dúvida, ele nunca passara muito tempo nas florestas dos Caskeys, e presumia-se que não soubesse tanto sobre árvores quanto alguém de sua família deveria saber.

A relutância dele em vagar pelas florestas e enlamear as botas, rasgar as calças nos espinhos dos arbustos e ter o caminho bloqueado por cascavéis era notória, mas James desempenhava funções administrativas com excelência, e ninguém na cidade era capaz de redigir melhor do que ele uma resolução ou uma carta em tom sutil. Quando a cidade propôs sua incorporação à legislatura estadual, James Caskey representou Perdido diante da assembleia e, ao concluir seu discurso, todos se perguntaram por que aquele homem nunca havia entrado para a política.

A análise que James fez das instalações da fábrica revelou que os armazéns se encontravam em condições deploráveis. Mesmo os que estavam fechados tinham sido arruinados, pois a água havia encharcado a madeira, deixando-a empenada. As tábuas nos galpões abertos flutuaram sabe-se lá para onde. A perda parecia total.

Os escritórios também foram destruídos, mas James tivera a presença de espírito de encher duas carroças com os registros atuais e do passado recente, transportando-os para uma área mais elevada. Agora estavam debaixo de montes de feno no celeiro de um produtor de batatas, mas a fábrica perdera os registros anteriores a 1895.

Tom DeBordenave, no entanto, encontrava-se em uma situação muito pior, pois optara por salvar a madeira em vez dos registros. A madeira se perdera no fim das contas, pois o celeiro em que ele a havia armazenado também foi levado pelas águas. Agora lhe faltavam os registros de contas a pagar, encomendas futuras e até os endereços de seus melhores clientes ianques.

Depois de poucas horas sendo conduzido de barco inutilmente pela fábrica submersa e de dar as condolências a Tom DeBordenave, que estava em outra pequena embarcação verde examinando sua propriedade adjacente, James Caskey foi levado de volta, passando por sua casa inundada, até a trilha florestal que dava na Igreja da Graça de Sião.

Naturalmente, Bray havia lhe contado sobre a aparição estranha da mulher ruiva no Hotel Osceola, embora ele já tivesse ouvido essa história do sobrinho. James estava bastante curioso para vê-la. Há tempos ninguém em Perdido falava de outra coisa que não fosse a enchente, de modo que ele ficou feliz pela oportunidade de ouvir algo que nada tinha a ver com água.

Ele sabia que a Srta. Elinor passara a noite na Igreja da Graça de Sião, pois Bray fora buscar outro colchão na casa de Annie Bell Driver. James Caskey tinha nutrido esperanças de que ela estivesse sentada em frente à igreja quando passasse por lá. Isso lhe pouparia o subterfúgio de procurar por Mary-Love, por Sister ou por sua filha dentro da igreja e conduzir a conversa pouco a pouco até o tema da jovem resgatada.

Bray amarrou o pequeno barco verde à raiz

exposta de uma árvore. O nível da água já baixara a tal ponto que, quando saíram para terra firme, conseguiram ver a casa de Mary-Love nos limites da área da cidade. O Sr. James e Bray atravessaram a passos largos a floresta úmida, cheia de regatos.

Após alguns minutos de silêncio, Bray, que andava em um dos sulcos feitos pelas carroças, enquanto o Sr. James andava no outro, arriscou-se a opinar que seria melhor "o Sr. James não se meter com aquela mulher".

– E por que diz isso? – perguntou James, curioso.

– Porque sei do que estou falando.

James deu de ombros.

– Bray, não creio que você saiba do que está falando – respondeu.

– Sei, sim, Sr. James. Sei, sim! – exclamou Bray, mas o assunto terminou por aí.

O Sr. James não pretendia alongá-lo pedindo detalhes, e Bray não poderia dar mais informações sobre a Srta. Elinor, pelo simples motivo de que não as tinha; e tampouco revelaria suas suspeitas, que eram obviamente infundadas. Além disso, se a Srta. Elinor não se mostrasse nada mais do que aquilo que aparentava ser, essas suspeitas prejudicariam a reputação de Bray.

Depois de ter passado por toda aquela água fria da enchente com seu barco, a floresta parecia quente, seca e segura para Bray. James Caskey caminhava sorridente, virando a cabeça depressa ao ouvir o trinado das codornas, tentando vê-las, sem sucesso.

– Olha ela ali – falou Bray, em um sussurro rouco, quando a Igreja da Graça de Sião entrou no campo de visão deles.

Elinor Dammert estava sentada nos degraus da entrada, com Grace, filha de James, aninhada em seu colo. Era quase como se ela estivesse à espera dele e segurasse Grace apenas para facilitar o encontro.

Bray foi às pressas em direção à casa dos Drivers, mas James agradeceu ao homem por seus serviços naquela tarde e seguiu até a igreja, se apresentando a Elinor Dammert.

– Não é um bom momento para visitar Perdido – comentou ele. – A hospitalidade que podemos oferecer deixa muito a desejar.

Elinor sorriu.

– Há coisas bem piores do que uma pequena enchente.

– A criança está incomodando a senhorita? Grace, você está incomodando a Srta. Elinor?

– Não, de forma alguma – falou Elinor. – A Grace gosta muito de mim.

Grace abraçou Elinor pelo pescoço para mostrar ao pai o quanto gostava da jovem recém-chegada.

– Oscar me disse que a senhorita perdeu todo o dinheiro na inundação.

– Perdi, sim. Estava na minha maleta, com meus certificados e diplomas.

– É uma pena. A culpa foi do Bray. Mas podemos pelo menos colocá-la no trem de volta para Montgomery.

– Montgomery?

– Não é de lá que a senhorita veio?

– Eu estudei lá, na Faculdade de Huntingdon. Mas sou de Wade, no condado de Fayette.

– Ajudaremos a senhorita a voltar para Wade, então – disse James, sorrindo. – Grace, não quer vir com o papai? – falou ele, estendendo os braços com um gesto brusco que lembrava uma marionete.

– Não! – exclamou Grace, agarrando-se ainda mais a Elinor.

– O senhor parece achar que tenho para onde ir – comentou Elinor por sobre o ombro de Grace.

– Wade, não?

– É de onde veio minha família. Mas estão todos mortos – esclareceu Elinor Dammert, apertando a criança nos braços.

– Sinto muito. Sendo assim, o que a senhorita pretende fazer? – perguntou James Caskey, solícito.

– Eu vim a Perdido porque ouvi dizer que havia uma vaga na escola. Se for verdade, minha ideia é ficar e dar aulas.

– A senhorita sabe a quem deve perguntar, não sabe? – falou Grace, ainda nos braços que a envolviam.

– A quem ela deveria perguntar, Grace? – quis saber James.

– Ao senhor! – exclamou Grace. Então, voltou-se para Elinor e disse: – Papai é o presidente do conselho.

– Exatamente – falou James. – Portanto, a senhorita deveria perguntar a mim.

– Então é o que farei. Ouvi dizer que há uma vaga.

– Não havia – respondeu James –, pelo menos não antes da enchente.

– Como assim?

– Edna McGhee era a professora do quarto ano

há seis anos, se não me engano, mas me disse duas noites atrás que Byrl e ela iriam embora da cidade, pois não queriam esperar que a próxima enchente viesse e os carregasse até Pensacola em cima de um sofá. Portanto, como Edna e Byrl deixaram a cidade, temos uma vaga aberta.

– Seria um prazer dar aulas para o quarto ano – falou Elinor. – Mas, como deve se lembrar, eu perdi meus certificados e meu diploma.

– Ah – disse James com um sorriso –, mas isso foi culpa nossa, não foi? Concorda, Grace?

Grace assentiu convicta, jogando os braços em volta do pescoço de Elinor.

❧

James ficou mais uma hora na igreja, trocando algumas poucas palavras com Mary-Love sobre o estado da fábrica, mas alongando a conversa de forma afável com a Srta. Elinor, que não largava a pobre Grace. Ele apenas se despediu, com certa relutância, quando Tom DeBordenave e Henry Turk enviaram um homem para buscá-lo; os donos das três madeireiras precisavam alinhar sua abordagem dali em diante.

Enquanto isso, Mary-Love comentava com Sister que era um escândalo James ter deixado a filha aos cuidados daquela ruiva estranha, quando sua cunhada e sua sobrinha estavam bem ali.

– Mamãe – disse Sister –, olhe para a Grace. Ela não dá sossego à Srta. Elinor! A Srta. Elinor arranjou uma amiga para a vida toda!

Mary-Love, que não demonstrara nenhum desejo de se aproximar da Srta. Elinor, mal conseguia se forçar a falar com a jovem, e não teria permitido que Sister o fizesse, não fosse pela vontade avassaladora de obter informações sobre os antecedentes e as intenções da recém-chegada. Quando Sister informou à mãe, depois de ouvir na igreja, que James tentaria conseguir uma vaga na escola para a Srta. Elinor, Mary-Love suspirou profundamente e se sentou no banco, como se tivesse sido nocauteada.

– Ah, Sister... – falou Mary-Love em um gemido. – Eu sabia que ela iria fazer isso...

– Fazer o quê, mamãe?

– Entrar sorrateiramente. Mergulhar fundo na lama de Perdido até não poder mais ser arrastada para fora, nem que dezessete homens amarrassem uma corda em volta do pescoço dela, como eu gostaria, e a puxassem!

– Mamãe! – exclamou Sister, olhando para onde Elinor estava sentada, conversando com a

Sra. Driver e com Grace Caskey ainda no colo. – A senhora está sendo dura demais com ela, não acho que ela mereça!

– Espere só, Sister – disse Mary-Love. – Espere só e volte a falar comigo sobre isso daqui a seis meses.

Naquela noite, não muito tarde – pois quando há tanto que só se pode fazer durante o dia, todos vão dormir cedo –, Oscar Caskey e seu tio James se deitaram na cama em geral ocupada por Annie Bell Driver e seu marido insignificante. A casa dos Drivers era repleta de homens, muito abastados e muito pobres, muito velhos e bastante jovens (embora os mais jovens permanecessem com as mães na igreja), de modo que cada divisão estava cheia de colchões e do som de roncos.

Dois dos filhos da Sra. Driver dormiam no chão aos pés da cama dos pais, respirando de forma ruidosa, quando Oscar se apoiou no cotovelo para falar com o tio:

– O que o senhor vai fazer sobre a Srta. Elinor? – sussurrou Oscar. – A mamãe disse que o senhor passou a manhã com ela. A manhã *inteira*.

– Ora, ela é uma boa garota – comentou James. – E fico consternado pelo que aconteceu. Presa no

Osceola, sem malas, sem dinheiro, sem diploma, sem trabalho, sem ter para onde ir. Ela foi tão prejudicada quanto qualquer um nesta cidade. Na verdade, mais até do que a maioria!

– Eu sei – falou Oscar, baixinho. – Não entendo por que a mamãe antipatizou tanto com ela. Torna as coisas difíceis.

– Mary-Love não quer que eu faça nada – concordou James. – Não quer que eu dirija uma só palavra à Srta. Elinor.

– Mas o senhor vai fazer alguma coisa, não vai, tio James?

– É claro que vou! Ela vai começar a dar aulas em setembro. Na verdade, talvez comece assim que abrirmos a escola de novo. Byrl e Edna McGhee não vão tentar limpar a casa onde moram, embora eu duvide que haja mais de meio metro de lama no chão da cozinha deles. Se forem embora mesmo, e Edna tem parentes em Tallahassee que poderiam recebê-la com Byrl, a Srta. Elinor poderá começar a lecionar.

– Isso é ótimo – falou o homem mais jovem, olhando pela janela por sobre o ombro do tio, em direção à lua. – Mas onde ela vai morar? Não pode voltar para o Hotel Osceola. Eles cobram 2 dólares por dia. Uma professora não ganha tanto dinheiro, não a ponto de pagar 2 dólares por dia e ainda comprar comida.

– Já pensei nisso, Oscar – disse James. – E decidi o seguinte: ela vai ficar comigo e com Grace.

– O quê?! – exclamou Oscar, tão alto que os meninos dos Drivers pararam de roncar, como se quisessem ouvir detalhes, ou talvez para incorporar aquela exclamação aos sonhos. – O quê?! – repetiu Oscar, falando mais baixo quando os meninos voltaram a roncar.

– Depois que limparmos a casa, quer dizer – continuou James. – Grace caiu de amores pela Srta. Elinor, e só a conheceu ontem de manhã.

– Ela vai morar com o senhor?

– Temos espaço – argumentou James.

– Tio James, mas e Genevieve? O que acha que ela vai dizer quando voltar de Nashville e vir a Srta. Elinor sentada na varanda com Grace no colo?

James Caskey se virou, dando as costas ao sobrinho. Não respondeu.

– O que o senhor vai dizer a Genevieve, tio James? – quis saber Oscar, sussurrando. – Por falar nisso, o que vai dizer à mamãe?

– Por Deus! – exclamou James depois de uma pausa, esticando os pés contra as barras de aço ao pé da cama. – Não está cansado, Oscar? Exausto? Eu estou. Preciso dormir se quiser acordar cedo amanhã.

~

Durante todo o dia de Páscoa, e ao longo dos três dias seguintes, o sol brilhou forte. As águas da enchente evaporaram, escoaram para o Golfo do México ou foram sugadas pela terra encharcada.

Os habitantes de Perdido desceram da área mais alta até as portas de suas casas, descobrindo que a lama havia entrado nelas. Mesmo seus móveis mais pesados e de melhor qualidade tinham flutuado até o teto e, depois que a água baixou, tornaram-se amontoados de madeira partida no chão. A argamassa fora raspada das fundações de tijolo e cada tábua de madeira que ficara submersa estava empenada.

Varandas desmoronaram. Em todos os quintais, patas de porcos e bezerros despontavam do lodaçal. As escadas estavam cheias de galinhas afogadas. Máquinas de todo o tipo estavam entupidas de barro e, por mais que meninas pacientes tivessem sido destacadas para a limpeza, aquela lama toda jamais sairia. Tanques de gasolina e barris de óleo boiaram dos depósitos das fábricas, arrebentando as janelas das casas, como se quisessem causar o maior dano possível. Os vitrais das igrejas estavam partidos. Os hinários dispostos em prateleiras nas costas dos bancos haviam absorvido tanta água que incharam e romperam a madeira. Os tubos do novo órgão da igreja metodista estavam cheios de lama. Não havia uma só loja em toda a Palafox Street que não tivesse perdido seu estoque. E não havia um só metro quadrado de propriedade em toda a cidade que não fedesse, quer fosse de lama do rio, criaturas mortas e roupas, madeira ou comida apodrecidas.

A Guarda Nacional e a Cruz Vermelha haviam chegado antes que as águas baixassem, trazendo cobertores, porco e feijão enlatados, jornais e medicamentos para os acampamentos ao redor da cidade. A Guarda Nacional permaneceu uma semana a mais que a Cruz Vermelha, ajudando os trabalhadores das fábricas a limpar os destroços mais volumosos. James Caskey, Tom DeBordenave e Henry Turk estimavam que as três madeireiras juntas tinham perdido cerca de 140 mil quadrados de tábuas de pinheiro. Tudo havia sido carregado pelas águas até o Golfo ou simplesmente apodrecido na floresta submersa que cercava Perdido.

A parte mais castigada da cidade foi a Baixada dos Batistas. Metade das casas foi destruída; o restante sofrera danos graves. Não restava absolutamente nada para aqueles que já tinham pouco antes da enchente. Esses proprietários desafortunados foram os primeiros a receber assistência. Mary-Love, Sister, Caroline DeBordenave e Manda Turk passavam o dia na Igreja Batista da Paz de Betel, alimentando as crianças pobres com arroz e pêssegos, quando poderiam estar em casa, supervisionando a limpeza dos próprios lares.

As casas dos trabalhadores foram danificadas pela água, mas no geral continuavam intactas. As casas dos lojistas, dentistas e jovens advogados foram as mais poupadas, pois tinham sido construídas nas áreas mais altas de Perdido, sendo que em algumas nem mesmo as cadeiras tinham sido danificadas – a água subira apenas 30 centímetros sobre os tapetes.

As casas dos donos das fábricas, construídas muito próximas do rio, haviam sofrido, é claro, mas as águas não alcançaram mais do que alguns centímetros acima do nível do segundo piso, e muitos dos pertences armazenados nos andares de cima continuavam em perfeito estado.

Por outro lado, a casa de um andar de James

Caskey estava quase condenada. Como fora construída em uma pequena depressão, e ficava mais perto do rio do que qualquer outra naquela rua, permanecera submersa por mais tempo do que as demais. Foi a primeira a ser inundada e a última a secar.

As instalações da escola, que ficavam junto ao rio logo ao sul do Hotel Osceola, também sofreram danos consideráveis, de modo que o restante do ano letivo fora cancelado, embora ainda faltasse um mês inteiro de aulas.

Livres de seus afazeres, as crianças foram surpreendidas com vassouras e baldes e fizeram sua parte para recuperar a escola. No entanto, embora Edna McGhee e seu marido tivessem de fato ido embora de Perdido e agora enviassem cartões-postais de Tallahassee com alguma regularidade, Elinor ainda não tinha sido chamada para assumir seu lugar.

Por recomendação de James Caskey, Elinor fora aceita de forma unânime pelo conselho escolar. Ninguém julgara necessário escrever para a Faculdade de Huntingdon pedindo uma nova via de seu certificado. Afinal de contas, ele se perdera na enchente, como tantos outros pertences da jovem senhorita. O conselho escolar considerou que seria

vergonhoso para Perdido exigir que Elinor forne-
cesse algo que a própria cidade lhe havia tirado.

O que se descobriu nos meses após a enchente
era que nem tudo podia ser consertado, por maior
que fosse o esforço nesse sentido. Lavar latas de comida com água fria, por exemplo, não eliminava
o risco de botulismo – ou pelo menos era o que a
Cruz Vermelha havia alertado a todos –, então o
estoque dos dois mercados e da loja de artigos de
luxo precisou ser descartado, e isso em um período
em que não havia tanta comida quanto as pessoas
estavam acostumadas.

Grandes pilhas de madeira envergada de três
pátios foram arrastadas para o pântano de ciprestes no qual nascia o rio Blackwater, a 8 quilômetros
a noroeste de Perdido. Elas foram deixadas ali para
apodrecerem e ficarem fora do caminho de todos,
embora no outono seguinte tenha-se descoberto
que muitas daquelas toras e tábuas foram arrastadas a duras penas de volta para Perdido, a fim de
reconstruir a Baixada dos Batistas, cujas casas, por
conta das tábuas envergadas, pareciam mais tortas
do que nunca.

Tapetes sofisticados tiveram que ser jogados
fora, pois era impossível tirar as manchas de lama
deles. Livros, documentos e fotografias foram ter-

rivelmente danificados. Mesmo os itens que ficaram acima do nível das águas não passaram incólumes, então apenas os essenciais (como as escrituras na prefeitura e as prescrições nas farmácias) foram mantidos.

Mas a enchente não foi de todo ruim, diriam eles posteriormente. Como interrompeu o fornecimento de água da cidade por vários dias, os cidadãos de Perdido entenderam o quanto o sistema atual era inadequado e aprovaram um investimento de 40 mil dólares para a construção de uma nova estação de bombeamento nos 2 acres de terra mais próximos, que não haviam sido alagados.

Como os quintais de todos estavam destruídos e a maior parte das ruas tinha sido rasgada pelas águas, aquele pareceu um bom momento para instalar um sistema de esgoto moderno. Assim, com dinheiro emprestado dos donos das três madeireiras, uma nova rede de esgoto foi construída em toda a cidade. Nem mesmo a Baixada dos Batistas foi esquecida nessas melhorias e, pela primeira vez, postes de luz iluminaram os telhados de lata dos barracos à noite.

Perdido foi esquecida por todos, exceto pelo legislador do condado de Baldwin que tentou, sem sucesso, obter empréstimos em Montgomery, bem como pelas várias empresas de Massachusetts e da Pensilvânia que haviam feito encomendas com alguma das fábricas e agora percebiam o quanto as entregas atrasariam.

Mas Perdido ainda sofreu por muito tempo os efeitos da enchente, meses e meses depois de as águas baixarem, mesmo depois de a rede de esgoto ser instalada e a nova estação de bombeamento trazer a água mais fresca e doce que qualquer pessoa da cidade já havia provado. Era como se o fedor da enchente nunca tivesse desaparecido por completo. Mesmo depois de limpar o lodo das casas, esfregar as paredes, colocar novos tapetes e cortinas, comprar novos móveis; mesmo depois de queimar tudo o que fora estragado e de retirar dos quintais os galhos partidos e as carcaças podres de animais mortos; mesmo depois que a grama voltou a crescer, todos em Perdido subiam as escadas no final da noite, pousavam a mão no corrimão e, sob o aroma dos jasmins e das rosas na varanda, sob o cheiro pungente do jantar na cozinha, sob o perfume do próprio colarinho engomado... sentiam o odor da enchente.

Aquele odor havia se entranhado nas tábuas, nas vigas e nos tijolos. Vez ou outra, isso lembrava Perdido da desolação que havia sofrido e da que poderia muito bem voltar a acometer a cidade.

CAPÍTULO 3

## Carvalhos-aquáticos

Durante os cinco dias em que a Srta. Elinor passou na Igreja da Graça de Sião, ela procurou ser útil, cuidando das crianças, cozinhando um pouco, limpando o lugar e lavando as roupas de cama, tudo sem reclamar.

Ela conquistou a admiração de todos, com exceção de Mary-Love, e a antipatia desta pela Srta. Elinor não deixava de gerar comentários. Na falta de motivo melhor, ela foi atribuída a orgulho familiar: Mary-Love notara como a Srta. Elinor tinha conquistado o afeto de Grace e a estima de James Caskey, e possivelmente via isso como algo capaz de abalar sua família. De todo modo, essa era a hipótese mais lógica. A verdadeira causa era muito diferente.

Ninguém pensou em perguntar a Mary-Love por que ela não gostava da Srta. Elinor. Se o fizessem, a

84

pobre mulher não saberia o que responder. A verdade era que não sabia. De forma confusa, Mary-Love dizia a si mesma que era por conta dos cabelos ruivos da Srta. Elinor. Isso significava que era por conta da aparência dela, da maneira como falava e se portava, segurava Grace, tinha feito amizade com a Sra. Driver e até aprendera a diferenciar Roland, Oland e Poland Driver, os três filhos insignificantes da pastora, coisa que ninguém nunca conseguira fazer. Dedicar tanta energia a uma comunidade de desconhecidos parecia indicar um propósito obstinado, mas qual seria o propósito da Srta. Elinor?

– Tenho pena daquela criança – disse Mary-Love, enfática.

Sister e ela oscilavam em suas cadeiras de balanço na varanda, fitando a casa de James através de uma tela de camélias que pareciam mortas, esperando que Elinor Dammert aparecesse em uma das janelas. Fazia quase duas semanas que Mary-Love e Sister tinham voltado para casa, e nem tudo havia perdido o fedor da inundação.

– Que criança, mamãe?

Sister bordava uma fronha com linhas verdes e amarelas. Tanta roupa de cama tinha sido estragada!

– A pequena Grace Caskey, é dela que estou falando! Sua prima!

– Por que a senhora tem pena de Grace? Ela está ótima desde que Genevieve continue longe.

– É isso que quis dizer – falou Mary-Love. – Para todos os efeitos, James se livrou daquela mulher. Ainda bem. Para começo de conversa, ele não tinha que estar casado. James não foi feito para se casar, e deveria saber disso. Toda a população de Perdido ficou de queixo caído quando ele voltou com uma esposa. Às vezes, acho que James foi esperto e assinou um contrato com Genevieve acordando que ela deveria vir para Perdido, engravidar, deixá-lo com um bebê e ir embora para sempre. Eu não me surpreenderia se ele enviasse um cheque todos os meses para a loja de bebidas em Nashville para Genevieve comprar o que quiser. Uma conta aberta na loja de bebidas para mantê-la em Moose Paw, Saskatchewan!

– Mamãe – falou Sister, paciente –, eu nunca ouvi falar desse lugar.

Mãe e filha tinham o hábito de manter posicionamentos contrários sobre qualquer questão: se Mary-Love estivesse agitada, Sister mantinha a calma. Caso Sister ficasse indignada, Mary-Love assumia um ar conciliatório. Elas haviam desenvolvido essa técnica ao longo de muitos anos, e agora era natural que já não precisassem pensar ou se esforçar para agir assim.

– Eu inventei. James se livrou daquela mulher. Não sabemos como, mas ficamos gratas por isso. E o que ele faz na primeira oportunidade?

– O quê?

– Arranja outra tão ruim quanto a primeira!

– A Srta. Elinor? – perguntou Sister, em um tom que sugeria que ela não achava a comparação justa.

– Você sabia de quem eu estava falando, Sister.

Era difícil se balançar na varanda com tantas tábuas de madeira empenadas. A loja de artigos de luxo de Grady Henderson havia encomendado um lote de velas aromatizadas, que foram um sucesso de vendas imediato. Uma delas queimava em um pires no chão entre Mary-Love e Sister; seu aroma de baunilha ajudava um pouco a mascarar o mau-cheiro da terra do rio que se depositara ao redor da casa. Bray e três homens da fábrica, que ainda não voltara a funcionar, reviravam todo o solo do quintal, enterrando o que tinha sido derrubado pela enchente.

– Mamãe, fale mais baixo. A Srta. Elinor pode ouvir.

– Só se ela estiver tentando nos ouvir perto da janela – respondeu Mary-Love, falando ainda mais alto. – E não duvido que esteja!

– Por que a senhora não gosta dela? – perguntou Sister com doçura. – Eu gosto. Sinceramente, mamãe, não vejo por que não deveria gostar.

– Eu vejo. Vejo todos os motivos do mundo! – Mary-Love fez uma pausa, então sugeriu: – Ela tem os cabelos ruivos.

– Muita gente tem. Como aquele menino com quem eu estudei, o McCall, lembra-se dele? O que morreu em Verdun no ano passado. Ele era ruivo. A senhora me disse que gostava dele.

– Ah, mas não era como essa mulher, Sister! Já viu cabelos dessa cor? Da cor da lama de Perdido? Eu nunca vi. Além do mais, não são só os cabelos ruivos.

– O que mais, então?

– De onde ela vem? O que veio fazer em Perdido? O que quer? Como ela convenceu James a convidá-la para morar com ele? Por acaso James já havia convidado outra jovem a se sentar à mesa dele?

– Não, mamãe, claro que não. Mas a Srta. Elinor já esclareceu todas essas dúvidas. Oscar deu todas as respostas. Ela é do condado de Fayette e veio até aqui para lecionar. Ele disse que havia uma vaga.

– Mas não havia!

– Então ela se enganou, mamãe, mas agora a

vaga existe. A Sra. McGhee já enviou três cartões-
-postais de Tallahassee. É o que ouvir dizer.

– Ela criou essa vaga.

– Não criou nada, mamãe. Como pode dizer
isso? A enchente criou a vaga. Foi a inundação que
permitiu que o cargo fosse aberto na escola!

Mary-Love franziu as sobrancelhas e se levantou
da cadeira.

– Faz dez minutos que ela não passa pela janela.
O que será que está fazendo? Aposto que está rou-
bando algo das gavetas.

– Ela está ajudando na limpeza. James me disse que nunca viu uma pessoa trabalhar com tanto
afinco numa casa que nem é dela.

Mary-Love voltou a se sentar e começou a ma-
nejar sua agulha furiosamente.

– Sabe o que eu acho, Sister? Acho que ela vai
tentar convencer o James a se divorciar de Genevieve para assumir o lugar dela. É por isso que está tão
empenhada em ajeitar aquela casa, porque acha
que vai ser dela! Divórcio! Já imaginou, Sister?

– Mamãe, a senhora não suporta a Genevieve.

– Bem, não acho que o James deva se divorciar.
Genevieve devia era morrer e sumir para sempre.
Desde quando James precisa de uma esposa? Ele
tem a pequena Grace, que é um doce de criança.

E tem a você, a mim e ao Oscar como vizinhos. Se James quisesse, eu cortaria todos esses arbustos de camélias, que já estão quase mortas, e ele poderia nos ver sempre que olhasse pela janela. Sabe que tipo de coisa deixa o James feliz? Comprar talheres. Eu o flagrei uma vez. Quando vê uma faca de bolo que não tem, ele fica radiante. Facas de peixe? A mesma coisa. O rosto dele chega a brilhar. Ora, com tudo isso, além da fábrica para o manter ocupado e uma menininha para criar, para que ele precisaria de uma esposa?

Era curioso que não tivesse causado escândalo algum o fato de James Caskey – um homem de posses que se encontrava separado da esposa – ter convidado para morar com ele uma mulher linda, desimpedida e sem um tostão. Os habitantes de Perdido interpretaram isso da seguinte forma: uma professora havia chegado à cidade e tinha ficado sem dinheiro, sem seu diploma e sem suas roupas por causa da enchente. Ela precisava de um lugar para morar até conseguir se reerguer. James tinha uma casa enorme com pelo menos dois quartos extras e uma filha pequena que precisava de uma mulher para lhe ensinar bons modos. Além disso, com sua esposa em Nashville fazendo sabe-se lá o quê, o próprio James precisava de alguém com quem conversar.

Ao mesmo tempo, todos se perguntavam o que Genevieve diria se soubesse daquilo. Elinor Dammert era esperta; dava para ver só de olhar para ela. E, com os cabelos daquela cor, provavelmente tinha um gênio forte. Ainda ficava a dúvida se Elinor era capaz de enfrentar Genevieve, mas as pessoas esperavam nunca precisar confirmar isso.

～

O dano causado pela enchente não se limitara aos animais e aos objetos. Flores, arbustos e árvores morreram aos milhares, de modo que toda a cidade teve que ser replantada. Os terrenos dos Caskeys tinham sido os mais danificados. Já não havia murtas-crepes, rosas, canteiros de lírios, íris germânica e narcisos, tampouco cercas vivas de eloendros e alfenas ou espécies de espinheiro e magnólia japonesa. Os canteiros em volta da casa mantinham suas azaleias, mas estavam mortas.

As camélias pareciam ter morrido, mas Bray assegurou que elas haviam sobrevivido, e Mary-Love aceitou a opinião dele; seja como for, não mandou arrancá-las. Sem dúvida, não havia mais grama. O rio depositara no mínimo 15 centímetros de lama vermelha encharcada sobre o solo. Todos os dias, Mary-Love e Sister esperavam ver folhas de grama brotarem da terra vermelha, mas era em vão.

Os quintais dos DeBordenaves e dos Turks tinham sido escavados e semeados outra vez. Pelo menos a lama de Perdido parecia ter trazido uma boa quantidade de nutrientes, pois seus gramados brotaram de forma repentina, verdejante e esplêndida, crescendo mais rápido e com mais viço do que nunca.

No entanto, logo ao lado, na casa de James Caskey, o quintal era uma extensão plana de lama escura. O mesmo acontecia no quintal de Mary-Love. Passadas algumas semanas, o sol secou a terra escura do rio e deixou uma camada de 5 centímetros de areia cinzenta, com solo vermelho compacto por baixo. Sister pegou um punhado da areia e a deixou escorrer pelos dedos.

As sementes dessecadas que Bray espalhava todas as manhãs de sexta-feira se misturavam aos grãos da areia. A destruição dos gramados dos Caskeys foi alvo de comentários em Perdido, pois a leve praga de esterilidade se limitava aos terrenos da família. Os DeBordenaves não foram afetados, uma vez que a areia se detivera em uma linha reta no final da propriedade dos Caskeys, com a grama despontando do outro lado. A areia continuava até os confins da propriedade herdada de Mary-Love, no limite da cidade, onde o pinheiral começava com sua vegetação rasteira densa e espinhosa.

Ao final de junho, Mary-Love e James já haviam perdido as esperanças de que a grama voltasse a crescer. Mary-Love teve que contratar o pequeno Buster Sapp para vir todas as manhãs, às seis e meia, desenhar padrões na areia com um ancinho. Ao final do dia, a maior parte do trabalho cuidadoso de Buster já tinha sido apagado pelos passos dos criados, dos visitantes e dos moradores da casa, mas ele sempre voltava na manhã seguinte para renovar a simetria artificial e a textura que fornecia à propriedade ferida dos Caskeys.

Aquela extensão de areia, com pouco mais de 2 acres no total, era uma visão deprimente para quem se lembrava dos belos jardins e do gramado que cercava as casas. Eram apenas os padrões rigorosos de Buster que tornavam aquilo tolerável. Então, apesar das más línguas, Buster trabalhava até aos domingos (recebendo o dobro). As famílias logo se acostumaram a acordar ao som do ancinho na areia. Buster era uma criança pequena, sonolenta e de uma paciência inesgotável, que se movia devagar, produzindo um mapa improvisado de círculos concêntricos e espirais alongadas. Ele manejava o ancinho com o ritmo inexorável de um pêndulo. E talvez fosse essa sugestão do passar do tempo que fazia o som do ancinho lembrar de forma tão intensa a morte.

Todos os dias às seis da manhã, antes de Buster começar o trabalho, a irmã dele preparava o desjejum na cozinha de Mary-Love. Buster terminava às dez. Nesse momento, a cozinheira de James Caskey, Roxie Welles, preparava um segundo café da manhã para o garoto. Então, Buster pegava um travesseiro e ia até o atracadouro para tirar um cochilo até a hora do almoço. À tarde, fazia pequenos serviços para as duas famílias. Às vezes era pago por Mary-Love, outras pela Srta. Elinor, e às vezes acabava recebendo dinheiro das duas.

Durante vários meses, Buster Sapp foi praticamente a única forma de comunicação entre as duas famílias, que antes eram muito próximas. Mary-Love não aprovava que Elinor Dammert vivesse com seu cunhado, tampouco permitia que sua filha aprovasse a situação. James Caskey sabia da opinião da cunhada, mas estava satisfeito demais com a presença de Elinor na casa para discutir. Afinal de contas, se ele brigasse com Mary-Love, ela provavelmente ganharia e Elinor teria que ir embora. E isso era exatamente o que James Caskey não queria.

Elinor cuidava dele da maneira que Genevieve teria cuidado se tivesse sido uma esposa de verdade. Elinor supervisionara a limpeza e os consertos da casa. Todos os dias, na ausência dele, ela dava ordens a Roxie e à filha de Roxie, Reta, bem como ao filho de Roxie, Escue. Reta passava o dia inteiro ajoelhada, esfregando os pisos. Escue pintava tudo que pudesse ser atacado com um pincel. Elinor e Roxie se sentavam na varanda e costuravam novas cortinas para cada um dos cômodos da casa.

James deu 300 dólares a Elinor e mandou que ela fosse comprar tudo de que precisasse. Um dia, Escue e ela cruzaram de carroça os mais de 15 quilômetros até Atmore e voltaram carregados de novas roupas de cama e banho. Ela jogou fora tudo que havia sido tocado pelas águas da enchente. Antes de qualquer outro imóvel da cidade, a casa de James Caskey, que tinha sido a mais danificada, estava em excelentes condições após o reparo.

Usando meios que James jamais descobriu, Elinor conseguiu salvar muitos dos móveis que haviam sido dados como perdidos.

– Não sei o que ela fez, Oscar – falou James certa manhã na fábrica –, mas, quando cheguei em casa ontem à noite, deparei-me com o sofá da mamãe novo em folha! Eu estava pronto para jogá-lo fora. A madeira estava toda polida, com todos os medalhões entalhados de volta. Tenho certeza de que dois deles haviam se soltado e flutuado porta afora. O estofado azul estava idêntico ao que me lembrava de quando era criança. Tinha me esquecido dele até entrar e vê-lo ali! O sofá me fez pensar tanto na mamãe que tive vontade de sentar e chorar!

– Tio James – disse Oscar –, não acha que está fazendo a Srta. Elinor trabalhar demais?

– Acho que sim – respondeu James, com modéstia –, mas ela discorda. Aquela casa está tão bem-cuidada quanto na época em que mamãe era viva e papai estava morto e não podia mais bagunçá-la. É assim que a casa está agora! Sem falar na Grace! Você tem visto a Grace?

– Tenho, sim – replicou Oscar, enquanto paravam para falar com um homem que estava prestes a sair do depósito de madeira em uma carroça.

– Mas já viu os vestidos que Grace está usando? – retomou James, à medida que a carroça saía pelo portão. – A Srta. Elinor não se importa em se sentar na cozinha com Roxie e costurar uma roupa para Grace, enquanto a menina fica debaixo da mesa observando as duas trabalharem! E, apesar de tudo isso, Mary-Love tem me pedido para cobrar aluguel da Srta. Elinor pelo quarto!

– Mamãe não conhece a Srta. Elinor – disse Oscar.

– A questão é que Mary-Love não quer conhecê-la! Oscar, você sabe que adoro sua mãe, e que ela sempre esteve certa sobre tudo, mas vou dizer uma coisa: ela está enganada a respeito da Srta. Elinor. Grace a adora e tem muita admiração por ela! Você sabia – falou James em voz baixa, com o dedo ossudo em riste – que ela poliu todos os meus talheres e os embrulhou em feltro amarelo?

∼

Oscar Caskey estava frustrado. O que mais queria no mundo era exatamente o que não podia ter: a oportunidade de saber mais sobre a Srta. Elinor Dammert. As exigências de seu trabalho na fábrica o obrigavam a estar no escritório ou na floresta às sete da manhã todos os dias. Ele voltava para casa ao meio-dia, mas só tinha meia hora para comer, então precisava beber seu segundo copo de chá gelado no caminho para o trabalho.

Ao fim do dia, muitas vezes só conseguia chegar por volta das seis ou sete da noite. A essa altura, estava tão cansado que mal conseguia se sentar à mesa de jantar. Além disso, às vezes sua presença era exigida em alguma reunião cujo propósito era planejar a restauração e as melhorias a serem feitas em Perdido após o desastre da enchente da Páscoa. O máximo que conseguia fazer era acenar para a Srta. Elinor quando a via na varanda da casa do tio ao passar de carro. Ou então cumprimentá-la com um "Como vai, Srta. Elinor?" enquanto subia os degraus da própria casa, antes de a mãe lhe abrir a porta e a trancar assim que ele entrava.

Mary-Love Caskey não fingia ser capaz de controlar as atitudes e as emoções do filho da maneira como fazia com Sister. Sabia que Oscar gostava da professora ruiva, e também sabia que não cabia a ela dizer ao filho o que sentir e por quem. Oscar era o homem da família, algo que tinha algum valor. Desse modo, Mary-Love ficava feliz em ver que, apesar da proximidade entre Oscar e Elinor, os dois praticamente não haviam tido contato. A enchente os unira, mas as consequências dela, pelo menos até o momento, vinha os mantendo separados.

No entanto, em uma manhã de sábado – para ser exato, na manhã de 21 de junho de 1919, quando o sol havia acabado de passar do signo de ar Gêmeos para o signo de água Câncer –, Oscar Caskey se levantou à hora habitual, às cinco da manhã. Então, lembrou-se de que era sábado e que não precisaria estar no depósito de madeira às oito.

Normalmente, teria se virado de lado e dormido mais uma hora, mas foi perturbado por um pequeno barulho que vinha da janela. Ele se levantou para olhar. A alvorada ainda não tinha raiado. A areia lá fora era um vasto mar escuro, revelando apenas o que restava do trabalho que Buster fizera no dia anterior. Foi quando viu Elinor Dammert, desfazendo ainda mais padrões ao vir andando do atracadouro. Ela trazia algo em uma das mãos.

Oscar ficou curioso. Queria saber o que a havia tirado de casa tão cedo. Queria saber o que estava escondido no punho cerrado dela. Queria ter a oportunidade de falar com ela sem ter a mãe, James, a pequena Grace ou qualquer um dos criados ao redor. Vestiu a calça e as botas, desceu correndo as escadas dos fundos e se deteve na varanda de trás, observando Elinor pela tela. Parada no meio da extensão de areia cinzenta que descia até o rio, ela abria um pequeno buraco na terra com a ponta do pé. O céu estava cor-de-rosa e amarelo-canário a leste, mas mantinha a oeste um azul-escuro mais radiante do que o despontar da manhã. O cantar dos pássaros vinha do rio, mas ouvia-se apenas um tordo-imitador naquele lado, empoleirado no telhado da cozinha de James Caskey.

Mesmo tão longe, Oscar ainda ouvia a água bater contra as estacas do atracadouro. Ele abriu a porta de tela.

A Srta. Elinor ergueu os olhos. Abriu a mão e largou algo, que caiu dentro do pequeno buraco. Com a ponta do sapato, cobriu o buraco de areia.

– Posso perguntar o que a senhorita está fazendo? – disse Oscar, descendo os degraus.

A voz dele soou estranhamente monótona ao romper a quietude da manhã. O silêncio era tanto que a porta de tela às suas costas fez eco ao bater de leve na lateral da casa de James Caskey.

A Srta. Elinor se moveu alguns centímetros para a direita e abriu outro pequeno buraco com a ponta do pé. Oscar se aproximou.

– Encontrei bolotas de carvalho – disse ela.

– E as está plantando? – perguntou Oscar, incrédulo. – Ninguém planta bolotas. Onde as arranjou?

– O rio as trouxe – respondeu Elinor com um sorriso. – Sr. Oscar, gostaria de me ajudar?

– Essas bolotas não vão dar em nada, Srta. Elinor. Olhe esse jardim. O que vê? Areia, areia e nenhuma grama. A senhorita vai perder tempo plantando essas bolotas. De qualquer maneira, daqui a pouco, quando chegar, Buster vai desencavá-las com o ancinho.

– Buster não alcança tão fundo com o ancinho – retrucou Elinor. – Eu disse a ele que pretendia plantar árvores aqui. Sr. Oscar, se a grama não cresce, precisamos ter ao menos alguma sombra. Então decidi plantar carvalhos.

– Suponho que esses sejam carvalhos-vivos – disse Oscar, examinando as quatro bolotas que Elinor depositou na mão dele.

As bolotas estavam molhadas, como se de fato Elinor tivesse acabado de tirá-las da água. Não contava, no entanto, o que estava fazendo no atracadouro às cinco da manhã; afinal de contas, não podia estar esperando que as bolotas viessem pelo rio Perdido direto para sua mão, certo?

– Não – falou ela. – São carvalhos-aquáticos.

– Como sabe disso?

– Sei reconhecer bolotas de carvalho-aquático. Sei qual é a aparência delas quando são trazidas pelo rio.

– E acha que vão vingar aqui?

Ela assentiu.

– Não sei de nenhum bosque de carvalhos--aquáticos ao longo do rio Perdido – disse Oscar após uma pausa, como se tentasse se lembrar de algo parecido.

Essa era uma maneira educada de discordar da Srta. Elinor, pois, na verdade, Oscar Caskey conhecia cada árvore nos condados de Baldwin, Escambia e Monroe. Portanto, tinha certeza absoluta de que nem um só galho dessa espécie pendia sobre o alto Perdido.

– Mas deve haver algum – insistiu Elinor enquanto largava outra bolota na terra –, ou não estariam vindo rio abaixo.

– Vamos fazer o seguinte – sugeriu Oscar, cavando um buraco com o salto da bota e depositando uma bolota. – Hoje à tarde, voltarei do trabalho mais cedo e vamos sair na carroça.

Ele cobriu a bolota.

– Para onde? – perguntou ela.

A Srta. Elinor enfiou a mão no bolso do vestido e retirou outro punhado de bolotas. Depositou várias delas na mão estendida de Oscar e manteve as demais. Enquanto ele falava, Elinor continuava a plantar.

– Até a floresta. A senhorita vai escolher as árvores que preferir, qualquer uma até mais ou menos 7 metros, e eu as marcarei com uma fita azul. Na segunda-feira pela manhã, mandarei alguns homens arrancá-las, trazê-las até aqui e replantá-las. Por que não pensei nisso antes? Afinal, para que contrato trabalhadores? Mesmo que esses carvalhos-aquáticos crescessem, há árvores mais bonitas por aí, Srta. Elinor, e demoraria tanto que nós dois estaríamos encarquilhados antes que pudessem nos dar sombra suficiente para tirar os chapéus.

– Está enganado, Sr. Oscar – disse Elinor Dammert –, e não vou escolher árvore alguma na floresta. Mas volte aqui às três da tarde e vou cuidar que a carroça de Escue esteja pronta. Nós vamos dar esse passeio.

Mary-Love não gostou nem um pouco daquilo e, quando Oscar voltou naquela noite, mal teve tempo de lavar as mãos antes de o jantar ser servido.

– Do que falaram? – perguntou Sister.

– Sobre James, Grace e a escola. Falamos sobre a enchente, como todos na cidade.

– Por que demorou tanto? – indagou Mary-Love.

Ela acreditava que não valia a pena sequer falar sobre o comportamento escandaloso de Oscar, mas a curiosidade foi mais forte do que seu receio em validar aquela interação reprovável com perguntas.

– Eu a levei até os Sapps e compramos caldo de cana. Sabiam que agora eles puseram uma menina de 3 anos para operar a prensa? É tão pequena que eles têm que deitá-la de barriga pra baixo nas costas daquela mula velha e amarrá-la com uma corda.

– Esses Sapps, por Deus! – exclamou Sister. – Imagino que vamos acabar contratando todas aquelas nove crianças só para evitar que sejam obrigadas a trabalhar até morrer.

– Então – disse Mary-Love –, vocês foram até os Sapps e voltaram logo em seguida. E levaram três horas e 35 minutos para isso?

– Nós paramos na casa da Sra. Driver, que nos deu um pouco das melancias temporãs dela. Nem tínhamos pensado em parar, mas Oland e Poland, ou talvez tenha sido Roland, vieram correndo e pararam nossa carroça. Aqueles meninos adoram a Srta. Elinor. Sabiam que aqueles três comem melancia com pimenta em vez de sal? Nunca tinha ouvido falar disso, mas a Srta. Elinor, sim. Mamãe, a Srta. Elinor é mais esperta do que a senhora pensa.

Na casa vizinha, sentada à mesa, a Srta. Elinor contou a mesma história a Grace e James Caskey.

– A senhorita se divertiu, então – falou James Caskey.

– Ah, sim – disse a Srta. Elinor. – O Sr. Oscar foi muito gentil comigo.

– Bem, desde que tenha se divertido – comentou James Caskey –, é isso que importa.

⁓

Oito dias depois de plantar as bolotas, Elinor Dammert foi pela primeira vez ao culto matinal de Perdido. Antes disso, após a escola dominical, Elinor tinha voltado para casa com Grace, que era considerada pequena demais para assistir a um sermão inteiro. Mas, de repente, Grace ficara mais velha, ou mais comportada, ou talvez Elinor Dammert tivesse um motivo especial para querer ir à igreja. De todo modo, ao lado de Elinor estava sentado Oscar Caskey, e, quando os dois se levantaram para cantar os hinos, ele segurou o hinário aberto para Elinor enquanto ela estava com Grace nos braços.

Mary-Love não gostou disso, mas Sister sussurrou entre as estrofes:

– Mamãe, a senhora não pode esperar que ela segure Grace e o hinário ao mesmo tempo!

Quando todos voltaram da igreja naquela manhã, Buster Sapp os esperava nos degraus da casa de James Caskey. Ele foi correndo até a Srta. Elinor, agarrou sua mão e a puxou até os fundos.

Quando os demais os seguiram, surpresos por verem Buster acordado àquela hora da manhã, e mais ainda por ele ter deixado de passar o ancinho em um dos lados da casa, viram a Srta. Elinor parada junto às janelas do salão. Ela sorria abertamente.

Buster Sapp estava agachado ao lado dela, balançando-se de um lado para outro. Com o dedo trêmulo, apontou para um pequeno broto de carvalho de 30 centímetros de altura. A bolota do qual ele havia surgido estava rachada, enraizada e levemente coberta pela areia cinzenta e áspera. Enquanto James, Mary-Love, Sister e Oscar observavam aquilo, tão espantados quanto Buster, a criança se ergueu e saiu correndo pelo quintal, apontando outros dezessete brotos que tinham crescido da noite para o dia na terra arenosa infértil.

## CAPÍTULO 4

# A confluência dos rios

O que se sabia ao certo sobre a vida de Elinor Dammert em Perdido poderia ser resumido em poucas palavras: ela havia sido resgatada do Hotel Osceola na manhã de Páscoa por Oscar Caskey e Bray Sugarwhite; morava com James Caskey e tomava conta de Grace; começaria a dar aulas para o quarto ano no outono; e estava sendo cortejada por Oscar, o que não agradava nem um pouco a mãe dele.

Mas todo o resto era um mistério, que provavelmente nunca seria revelado. Elinor Dammert não era antipática, sempre falava com as pessoas na rua, se lembrava dos nomes delas e era educada em todas as lojas. Porém, não se esforçava muito para se integrar à vida em comunidade. Em outras palavras, não alimentava fofocas – fossem sobre si mesma ou sobre os outros. Também não fazia nada de extraordinário, exceto viver sem se preocupar com o fato de que um dia Genevieve Caskey voltaria e faria um escândalo ao ver que seu lugar na casa de James tinha sido usurpado; além de ter conquistado a inimizade de Mary-Love Caskey, uma mulher dominadora que, até onde se sabia, nunca havia desgostado de alguém que não fosse ladrão ou bêbado.

Na verdade, a impressão era que a Srta. Elinor não se habituara à vida em Perdido. Ela parecia abatida, quase como se não estivesse acostumada com o clima – embora ninguém soubesse como isso era possível, uma vez que ela era do condado de Fayette, que não ficava *tão* ao norte assim.

Durante aqueles meses de verão, a Srta. Elinor sem dúvida passara bastante tempo na água, e seus ombros musculosos, incomuns em uma mulher do Alabama, eram muitas vezes alvos de comentários. As pessoas também falavam que ela não parecia comer o suficiente (ou talvez não a quantidade necessária das coisas *certas*), o que era estranho, uma vez que James mantinha a mesa farta e Roxie era uma das melhores cozinheiras da cidade.

∽

Certa manhã, Buster Sapp chegou à casa dos Caskeys antes mesmo de o sol nascer. Ele saíra da casa dos pais no campo e calculara mal o tempo para chegar à cidade. Quando deu a volta até os fundos da casa, na intenção de tirar um cochilo nas escadas, ficou surpreso ao ver uma pessoa parada no atracadouro. Era Elinor Dammert, com seu vestido branco reluzindo sob o luar que se punha.

Ela mergulhou no rio. Buster correu até a beira da água e ficou observando enquanto Elinor nadava com braçadas fortes e desenvoltas em direção à margem oposta. A correnteza rápida não a fez desviar nem um centímetro. Isso espantou Buster, que sabia a dificuldade com que Bray, com seus braços fortes, cruzava a remo de uma margem à outra.

Antes de chegar ao outro lado, Elinor se virou e ergueu a cabeça acima da água.

– Estou vendo você, Buster Sapp.

A água rápida passava com força por ela, mas a Srta. Elinor parecia ancorada ali, imperturbável.

– Estou aqui, Srta. Elinor! – gritou Buster.

Ele já estava bastante impressionado com a mulher, por conta dos carvalhos-aquáticos que ela plantara. Buster, que passava o ancinho em volta dos troncos finos todas as manhãs, via como eles cresciam. Aquilo era normal? Ivey, a irmã dele, explicou que as bolotas tinham sido plantadas durante a lua nova, mas isso não parecia uma explicação satisfatória.

– Entre na água comigo e vamos nadar até o encontro dos rios!

– A correnteza é forte demais, Srta. Elinor! E não sei o que tem naquela água de noite! Ivey me disse uma vez que viram um jacaré lá no pântano de Blackwater. Ela me contou que esse jacaré comeu três bebezinhas e quebrou os ossos delas num banco de areia.

Com um sorriso, a Srta. Elinor se ergueu no ar da madrugada até Buster conseguir ver seus pés brancos descalços sob a água escura. Então, com um movimento gracioso e sem se curvar, ela se jogou de lado na correnteza e começou a deslizar rio abaixo.

Buster sabia como era o redemoinho na confluência dos rios Perdido e Blackwater, a cerca de 400 metros dali. Temia que a Srta. Elinor se afogasse. No entanto, a ajuda não chegaria a tempo mesmo se a chamasse agora. Assim, o menino saiu correndo pela margem do rio, tropeçando vez ou outra nas raízes expostas das árvores, seguindo o vestido branco da Srta. Elinor, que brilhava logo abaixo da superfície das águas.

Quando ele atravessou em disparada um trançado de folhas de carvalho-do-pântano e magnólias, a perna de sua calça ficou presa em um espinho e ele teve que se sentar para se soltar com cuidado. Ao voltar a correr, logo se viu em um descampado atrás do tribunal. À frente, estava o encontro dos rios, onde a água vermelha do rio Perdido e a água escura do rio Blackwater se juntavam, se engalfinhavam e então eram sugadas pelo turbilhão que girava rapidamente no centro.

Atrás dele, o relógio da prefeitura começou a soar as cinco horas. Ele se virou e fitou por alguns instantes sua face iluminada de verde. A Srta. Elinor já devia ter chegado ali, pois nadava rápido e Buster fora atrasado apenas pelo emaranhado de carvalhos-do-pântano. Mas ele não a via em parte alguma. Será que já havia sido sugada para o fundo?

Buster estremeceu. Então, de repente, viu a cabeça dela despontar da superfície das águas a cerca de 10 metros à frente. A água corria rapidamente em volta de seu corpo imóvel, como se tivesse ficado embarreirada ali. Só que o rio Perdido era profundo, sem barreiras àquela altura. Então, quase como se estivesse apenas esperando que Buster a encontrasse, a Srta. Elinor retomou seu trajeto rio abaixo. Apavorado, Buster a observou seguir em frente até ser alcançada pelo movimento circular do encontro dos rios. Parada e ereta, poucos centímetros abaixo da superfície, ela girava e girava no redemoinho.

– Srta. Elinor! Srta. Elinor! Assim vai se afogar! – exclamou Buster, em pânico.

A mulher estava sendo sugada para o centro do redemoinho. Ela estendeu os braços, o corpo começando a se confundir com a própria curvatura do turbilhão. Em instantes, Buster viu o corpo dela assumir a forma de um círculo completo. Ela segurava os dedos dos pés, formando uma moldura branca ao redor do buraco preto rodopiante no sorvedouro.

De repente, aquele círculo de pele branca e algodão que era Elinor afundou, sumindo de vista.

Buster foi esmagado pela certeza de que aquela mulher respeitável estava condenada. Ivey lhe dissera que algo vivia no fundo daquele redemoinho, algo que se enterrava na areia durante o dia, mas à noite saía e ficava no leito lamacento, esperando que animais fossem sugados pelo turbilhão. Do que a criatura mais gostava, no entanto, era de pessoas.

Se alguém fosse puxado, ela o agarrava com tanta força que quebrava seus braços, então se tornava quase impossível resistir. Em seguida, arrancava seus globos oculares com a língua. Depois, comia sua cabeça inteira, enterrando enfim o resto do corpo na lama, para que ninguém pudesse descobrir seu paradeiro. A criatura parecia um sapo, mas tinha a cauda de um jacaré, e essa cauda varria o leito do rio constantemente, mantendo os corpos enterrados para que nenhum deles jamais voltasse à superfície. Tinha ainda uma guelra vermelha para a água do rio Perdido e outra preta para a água do rio Blackwater. Quando sentia *muita* fome, vinha para terra firme.

Certa vez, Ivey vira seu rastro da margem do rio até a casa na Baixada dos Batistas em que o filho de 2 anos de uma lavadeira havia desaparecido na noite anterior, e ninguém nunca descobrira que fim levara a criança. De todo modo, o que quer que esperasse no leito do rio por nadadores azarados, o que quer que subisse até as margens argilosas nas noites escuras, fosse o que fosse aquela criatura, assegurou Ivey ao irmão, ela estava ali desde antes da construção de Perdido e continuaria ali até depois que Perdido desaparecesse.

Buster estava parado em uma pequena ribanceira de barro que se pronunciava rio adentro. O que não notou foi que a ribanceira tinha sido solapada pela ação da correnteza. De repente, ela cedeu. Agitando os braços e gritando, Buster Sapp foi jogado na água. Ele tentou subir de volta e sentiu o barro firme sob os pés, o que lhe deu esperança de se salvar. Mas o movimento circular do encontro dos rios subitamente pareceu se estender até as margens. De forma implacável, Buster foi puxado para longe da segurança da margem mais próxima até o redemoinho. Em pânico, tentou nadar rio abaixo, mas continuava preso à correnteza.

Enquanto era puxado para debaixo d'água, abriu os olhos por um instante e viu a face verde distorcida do relógio da prefeitura. Ele gritou, água lamacenta enchendo sua boca.

Um galho grande de carvalho também foi capturado pelo turbilhão, e ele o agarrou para se manter à tona. No entanto, os dois simplesmente giraram juntos na correnteza. Buster conseguiu erguer a cabeça acima da superfície por um instante e puxar o ar duas vezes, até que foi sugado para baixo de novo. Estava mais perto do sumidouro, girando cada vez mais rápido.

Ele largou o galho de repente, saltando para tentar sair da água, mas em vão. Agora, não só estava rodopiando sem parar, como também começara a girar de ponta-cabeça, em uma sucessão de cambalhotas atordoantes, enquanto era sugado para o centro.

A correnteza era tão veloz no centro, e o turbilhão, tão pronunciado, que formava um sulco na superfície da água de mais de 30 centímetros de profundidade. De repente, Buster estava ali, no topo do sumidouro que servia de entrada para o inferno aquático mais abaixo. Ele conseguiu sorver duas golfadas de ar e abrir os olhos. A superfície do rio estava em um nível acima de seu olhar. Ele tentou gritar, mas, no momento em que puxou o ar uma última vez, foi tragado para baixo, em direção às profundezas.

A criatura sobre a qual Ivey o alertara agarrou Buster. Os braços dele foram presos junto à lateral do corpo com tanta força que os ossos se esmigalharam. Seu peito foi espremido até não lhe restar ar algum. Ele se preparou para a língua preta áspera que arrancaria seus globos oculares.

Incapaz de se conter, abriu os olhos, mas não conseguia ver nada abaixo da superfície. Então, sentiu a pressão de algo grosso, pesado e ríspido sobre o nariz e a boca. Enquanto essa coisa o lambia até os olhos, Buster Sapp mergulhou em uma escuridão mais profunda, escura e misericordiosa do que a frieza de Perdido.

Nunca foi encontrado o menor vestígio de Buster, mas ninguém esperava que fosse diferente.

Elinor, que não conseguira dormir e se levantara cedo, disse ter visto Buster mergulhar no rio Perdido do atracadouro. Sem dúvida, ele tinha sido arrastado até a confluência e se afogado. Muitas pessoas já haviam se afogado ali, seus corpos nunca foram encontrados, tanto na cidade quanto mais adiante no rio, então ninguém pensou em tentar recuperar os restos mortais do garotinho dos Sapps.

– Ele não tinha nada que ter entrado naquela água em noite de luar – disse a mãe dele, Creola, buscando se consolar nos oito filhos que restavam.

Após o desaparecimento de Buster, Mary-Love incumbiu Bray da tarefa monótona do pobre menino. Bray detestou tanto o serviço, considerando-o indigno, que um dia levou sua companheira, Ivey, até o canavial dos Sapps. Ele requisitou que uma das irmãs da mulher, uma menina de 10 anos chamada Zaddie, fosse morar na Baixada dos Batistas com eles. Zaddie foi viver com a irmã e o cunhado e ganhou o ancinho do irmão falecido.

Quanto à Srta. Elinor, não se sabia o motivo, talvez seu corpo tivesse se acostumado de repente ao clima local, ou Roxie Welles tivesse começado a alimentá-la melhor, mas ela já não parecia abatida. O rosto dela recuperou o aspecto corado que apresentava ao ser resgatada do hotel inundado. Tudo indicava que a Srta. Elinor estava finalmente começando a se sentir em casa.

❦

O ano letivo começou no dia 2 de setembro. Nesse dia, a Srta. Elinor assumiu o quarto ano e a pequena Grace entrou para o primeiro. Após um desjejum farto de comemoração, James Caskey perguntou a Srta. Elinor e a Grace se elas queriam uma carona até a escola, mas Elinor recusou.

– A senhorita sabe chegar lá a pé?

– É claro – respondeu Elinor –, mas Grace e eu não vamos a pé.

– Ora – disse James Caskey, sorrindo para Roxie, que trazia um prato de biscoitos recém-assados –, então como pretende ir? Escue vai levá-las na caçamba da carroça dele?

– Grace e eu vamos de barco – anunciou a Srta. Elinor, olhando para a menina, que sorriu e concordou com a cabeça, entusiasmada.

– De barco! – exclamou James Caskey.

– No barco de Bray – disse a Srta. Elinor. – Tenho a permissão dele.

James Caskey não movia um músculo, perplexo.

– Srta. Elinor – falou ele, por fim –, sabe que

precisa passar pela confluência dos rios para chegar do nosso atracadouro até a escola. Como pretende fazer isso?

– Pretendo remar com bastante força – respondeu a Srta. Elinor, impassível.

– Permita-me lembrar à senhorita – disse James, em um tom que parecia apenas ligeiramente contrariado, considerando o perigo da situação – que aquele pobre menino, Buster Sapp, se afogou bem ali no verão passado.

A Srta. Elinor riu.

– O senhor está preocupado com Grace, Sr. Caskey. É compreensível.

– Eu não estou com medo, papai!

– Sei que não, querida, e é claro que confio na Srta. Elinor. Mas a confluência... Bem, você se lembra de Buster, não se lembra, filha?

– Claro que me lembro do Buster! – exclamou Grace, pousando as mãos com petulância na cintura. Então, olhou de esguelha para o pai e para a Srta. Elinor, acrescentando em voz baixa: – Ivey disse que o Buster foi comido vivo!

– Ivey estava tentando assustar você, querida – falou James. – Mas a verdade é que Buster se afogou.

– Sr. Caskey – disse Elinor –, meu pai operou uma balsa que atravessava o rio Tombigbee por 32 anos. Eu costumava remar rio acima todos os dias para levar o almoço dele. E isso quando eu tinha o tamanho de Grace. – Ela sorriu. – Mas se o senhor estiver preocupado, posso amarrar uma corda debaixo dos braços de Grace e pedir para Zaddie segurá-la enquanto nos acompanha pela margem.

James, no entanto, não permitiu que a Srta. Elinor levasse Grace. Naquela manhã, ela remou o barco sozinha. No entanto, James e Grace estavam logo depois da confluência, no descampado atrás da prefeitura, quando Elinor passou. Os dois acenaram vigorosamente e chamaram por ela. A mulher acenou de volta e cruzou depressa a confluência, o tremular do remo nas águas quase imperceptível. Ela foi remando até a margem de barro vermelho e fincou o remo na terra macia. James Caskey se aproximou e içou Grace para dentro do barco.

– A senhorita tinha razão – falou ele. – Eu estava enganado.

– Vamos! – exclamou a Srta. Elinor, impulsionando o barco de volta para o rio.

Grace soltou um gritinho de empolgação e acenou em frenesi para o pai.

Na manhã seguinte, um punhado de desocupados se reuniu no descampado atrás da prefeitura, esperando que a Srta. Elinor e Grace passassem pela confluência no barco verde de Bray Sugarwhite. Na quinta-feira, duas dezenas de homens e mulheres estavam diante das janelas da prefeitura, acenando. Elinor só podia estar fora de si para fazer aquilo, e James só podia estar fora de si para permitir que a filha entrasse naquele barco, pois um dia o redemoinho engoliria as duas e cuspiria destroços de madeira e ossos na margem de barro vermelho. Porém, uma ou duas semanas depois, já não parecia algo tão inesperado; as pessoas ainda acenavam das janelas da prefeitura, mas já não previam uma desgraça iminente.

~

Zaddie Sapp era uma criança esperta, mais esperta do que Buster jamais fora. Todas as manhãs, quando terminava de passar o ancinho nos quintais, ela se sentava na cozinha com Roxie e sua irmã Ivey para se ocupar com uma costura ou com uma panela de vagens por descascar. Não importava o que fosse, ela só queria ter algo para fazer.

Elinor se apegou à criança e lhe mostrou como fazer um bordado simples. Quando Mary-Love ficou sabendo disso, condenou a atitude com veemência, pois, em Perdido, era costume que apenas mulheres brancas fizessem trabalhos ornamentais, tão delicados. Mas Elinor deu a Zaddie um cesto de fronhas, ao redor das quais a menina bordou, com muito esforço, bainhas com motivos florais. Pelo trabalho, Elinor a recompensou com 50 centavos por peça.

Por esse e muitos outros gestos, Elinor conquistou o coração de Zaddie Sapp. Todos os dias, às três da tarde, Zaddie se sentava no atracadouro e esperava que a Srta. Elinor e Grace chegassem remando seu barco.

– Como vai? – perguntava Elinor a Zaddie todos os dias, e todos os dias Zaddie ficava empolgadíssima com a pergunta.

– Vou muito bem – respondia Zaddie, contando-lhe em seguida tudo o que havia acontecido nas duas casas dos Caskeys durante o dia.

Naquelas belas tardes de setembro e outubro, Elinor se sentava na varanda da casa de James Caskey, balançando-se em uma cadeira e lendo um livro em voz alta enquanto Zaddie e Grace ficavam sentadas nos degraus. Embora fosse quatro anos mais nova que Zaddie, Grace sabia muito mais do que ela e tendia a ser muito orgulhosa de sua superioridade acadêmica, mas Elinor sempre refreava Grace quanto a isso.

– Grace – dizia Elinor –, se Zaddie tivesse tido as mesmas oportunidades que você, estaria muito adiantada. Acha mesmo que, se tivesse passado três anos da sua vida montada em uma mula girando a manivela de uma prensa de cana-de-açúcar, você saberia ler tão bem?

Constrangida, Grace fechava a boca e entregava o livro para Zaddie, que vibrava diante do privilégio de ser defendida por alguém tão nobre quanto a Srta. Elinor.

A Srta. Elinor, Zaddie não cansava de repetir, era a única pessoa em Perdido que conseguia atravessar o encontro dos rios a remo.

## CAPÍTULO 5

## *Cortejo*

Em setembro, as três madeireiras de Perdido estavam funcionando de novo, e isso diminuiu a pressão sobre James e Oscar Caskey. Quando Oscar viu que a Srta. Elinor se sentava na varanda todas as tardes até o anoitecer, ele passou a voltar da fábrica mais cedo.

Ele estacionava seu automóvel na rua e subia a pé o caminho em direção à própria casa. Então, após dez passos, dava meia-volta como se houvesse tido uma inspiração repentina. Atravessava o quintal rumo à casa de James, apagando parte do trabalho cuidadoso de Zaddie no caminho, e perguntava:

— Então, Zaddie, os carvalhos-aquáticos cresceram hoje?

— Um pouco, Sr. Oscar — respondia ela todas as vezes.

Todos em Perdido tinham ouvido falar sobre o vigor inabalável das árvores de Elinor. Ninguém sabia explicar o motivo daquele crescimento extraordinariamente rápido. Tudo o que Zaddie precisava fazer era confirmar se as árvores tinham ganhado mais 2 centímetros durante a noite.

Após uma breve conversa com Zaddie sobre o progresso das árvores, Oscar se voltou para a sobrinha Grace e comentou:

– Ouvi dizer hoje de manhã na barbearia que você e suas amiguinhas amarraram a professora e a jogaram lá de cima do auditório da escola. É verdade?

– Não! – exclamou Grace, indignada.

– Como vai, Srta. Elinor? – perguntou Oscar, virando-se para ela como se tivesse atravessado o quintal para falar com Zaddie e Grace, e, ao fazer isso, estivesse livre para dar atenção aos demais presentes. – Como seus alunos se comportaram hoje?

– Não me deram sossego – respondeu Elinor com um sorriso. – Mas só os meninos. Minhas meninas são uns amores. Sente-se, Sr. Oscar. Parece bastante cansado.

– E estou mesmo – falou Oscar, sentando-se no banco suspenso ao lado dela, como se a mulher não tivesse feito aquele mesmo convite todos os dias ao longo das últimas duas semanas. E ele aceitou todos de bom grado.

– Sua mãe está nos bisbilhotando pelos arbustos de camélias – comentou Elinor.

Oscar se levantou da cadeira e gritou:

– Olá, mamãe!

Descoberta, Mary-Love se afastou das camélias que a ocultavam.

– Oscar, achei mesmo que fosse você! – exclamou ela da varanda.

– Não viu o carro, mamãe? – respondeu ele. Então, olhou para a Srta. Elinor e sussurrou: – Ela viu o carro.

– Diga a ela para vir aqui se sentar conosco – falou Elinor.

– Mamãe! A Srta. Elinor disse para a senhora vir aqui se sentar um pouco conosco!

– Agradeça à Srta. Elinor, mas tenho vagens para descascar!

– Não tem nada! – exclamou Zaddie para Grace, indignada. – Eu descasquei todas hoje de manhã!

– Diga à sua mãe – continuou Elinor, com educação, embora sem dúvida tivesse ouvido a contestação de Zaddie – que Zaddie e eu podemos ajudar a descascá-las.

– Está bem, mamãe! – gritou Oscar de volta, julgando que não valia a pena desgastar a voz para continuar com aquele engodo.

Ele tornou a se sentar e sorriu para Elinor.

– A mamãe não quer que eu venha aqui.

– Por causa de mim – respondeu Elinor.

– Por sua causa? – indagou Grace, como se não conseguisse entender como alguém poderia ter algo contra a Srta. Elinor.

– A Sra. Mary-Love acha que o Sr. Oscar deveria ficar sentado na varanda dela, conversando com ela, e não aqui, conversando com você, comigo e com Zaddie.

– Então por que ela não vem aqui? Nós a convidamos, ora.

Oscar bufou.

– Já chega, Grace.

– Sr. Oscar – falou Zaddie, virando-se para ele. – Eu descasquei as vagens hoje de manhã.

– Eu sei, Zaddie. Agora fiquem quietas, você e Grace.

Grace e Zaddie aproximaram os rostos e começaram a cochichar.

– Seus meninos estão dando dor de cabeça? – perguntou Oscar.

– Eles vão se acalmar no mês que vem. Metade

está na colheita de algodão e a outra metade queria estar. Não consigo fazer com que calcem sapatos e tenho que verificar se eles não têm bichos-de-pé todas as manhãs antes do recreio.

– Mas eles ouvem a senhorita, não ouvem?

– Eu os obrigo a ouvir. – Elinor riu. – Falo que, se não me ouvirem, vou levá-los comigo no barco do Bray e largá-los na confluência dos rios. Isso basta. Mas não tenho qualquer problema com as meninas.

A Srta. Elinor tinha 34 alunos, dezoito meninos e dezesseis meninas. Vinte viviam na cidade e catorze na zona rural ao redor dela. Dos catorze que viviam no campo, doze tinham ficado em casa nas últimas semanas para ajudar na colheita. As duas que haviam comparecido eram duas meninas indígenas pequenas, sempre caladas, cujos pais operavam cinco alambiques no pinheiral para os lados do Little Turkey Creek; elas vinham à escola todos os dias montadas em uma mula decrépita. Elinor ensinava às crianças aritmética, geografia, ortografia, gramática e a história dos estados confederados.

Todas as manhãs, Roxie preparava o almoço para a Srta. Elinor levar ao trabalho, mas certa manhã a cozinheira foi chamada para ajudar em um parto na Baixada dos Batistas, então não pôde fazer isso. Quando Roxie enfim voltou, pouco depois do meio-dia, preparou um pequeno cesto de vime, que deu para Zaddie entregar à professora.

Ir à escola das crianças brancas era uma grande aventura para Zaddie, que se aproximou do prédio com reverência. A diretora, Ruth Digman, a conduziu até a sala de Elinor e bateu à porta no lugar da menina.

As crianças sentadas no fundo, cuja função era abrir a porta sempre que alguém batia, se levantaram para atender. Todas se viraram e ficaram olhando para a menina negra à porta. Nunca tinham visto uma menina negra naquela escola. Trêmula, Zaddie seguiu em frente com o almoço da Srta. Elinor. A professora agradeceu, então a apresentou à turma.

– Meninos e meninas – disse a Srta. Elinor –, esta é Zaddie Sapp, que tem a mesma idade que vocês. Se ela fosse à escola, também estaria no quarto ano, e seria tão inteligente quanto o aluno mais inteligente desta sala. Ela está poupando dinheiro para estudar na Faculdade de Artes e Mecânica para Pessoas de Cor em Brewton, e eu lhe darei 25 centavos agora mesmo para ela acrescentar às suas economias.

Zaddie pegou a moeda e se apressou em sair da sala. Daquele momento em diante, se tornou devota de Elinor Dammert.

Um dia, em outubro, ao voltar da fábrica para almoçar em casa, Oscar descobriu por acaso, graças a Ivey Sapp, que sua mãe e sua irmã iriam a Pensacola naquela noite, onde dormiriam, para visitar certo alfaiate logo de manhã cedo.

Oscar percebeu que Mary-Love não mencionara aquela ausência, pois não queria que o filho a aproveitasse para passar tempo na companhia de Elinor Dammert. Ele então saiu para a varanda dos fundos e chamou Zaddie. Sentada debaixo de um dos carvalhos-aquáticos que continuavam a crescer, a menina veio imediatamente.

– Zaddie, você sabe onde a Srta. Elinor dá aula, não sabe?

– Sim, já fui lá – respondeu Zaddie.

– Poderia entregar um bilhete a ela para mim? Eu lhe darei 25 centavos como recompensa.

– Deixa comigo, Sr. Oscar – falou a menina, animada.

Ela teria feito aquilo com prazer só pela chance de ver a sala cheia de crianças de novo. Em seu íntimo, Zaddie tinha certeza de que sabia ler melhor do que metade delas.

Oscar voltou para dentro de casa e escreveu o

bilhete à mesa da cozinha. Dobrou o papel, entregou-o a Zaddie e, depois de se despedir da mãe e da irmã, retornou à fábrica.

Ao fim da tarde, Mary-Love e Sister saíram para Pensacola no conversível Torpedo, com Bray ao volante. Bray aprendera a dirigir os dois automóveis da família e, cada vez mais, sua posição na casa dos Caskeys era de chofer. Mary-Love deixou um bilhete para o filho, sugerindo que a viagem tinha sido decidida no calor do momento e lhe avisando que o jantar estava na mesa da cozinha.

Oscar ignorou o bilhete e o jantar. Comeu na casa do tio e, depois, levou a Srta. Elinor e Grace para verem *O fantasma de Rosie Taylor* no Cinema Ritz. Após a enchente, o Ritz foi reinaugurado com estofados escarlate e um novo piano de pau-rosa.

Mais tarde, depois que Grace foi posta para dormir, a Srta. Elinor e Oscar fizeram uma pequena caminhada até o rio. Eles se sentaram no atracadouro, observando a lua, e ali ficaram até o relógio da prefeitura soar a meia-noite. Oscar revelou que não ficava acordado até tão tarde desde que tentara salvar as casas dos Caskeys da subida das águas.

Depois disso, Zaddie tinha uma nova função: mensageira. Todos os dias, ela entregava à Srta. Elinor o bilhete que o Sr. Oscar tinha escrito à mesa da cozinha logo depois do almoço. A Srta. Elinor lia o bilhete e escrevia outro em resposta. Zaddie levava esse bilhete à fábrica e seguia para o escritório do Sr. Oscar. Todos na escola e na fábrica sabiam o que Zaddie fazia, quem tinha escrito os bilhetes e a quem eram endereçados.

Zaddie começou a conhecer os alunos da Srta. Elinor pelo nome e, uma vez, como havia chegado bem na hora do recreio, até pulou corda e conseguiu ensinar às meninas mais novas uma rima que não conheciam:

*Elinor Trimble Toe, que boa pescadora é ela*
*Pega o peixe e lá vai ele pra panela*
*Uns fritam assim, outros fritam assado*
*Linha, vara, anzol, tudo bem guardado*
*O relógio caiu, vi o rato correr*
*Pra casa da vovó quase morta*
*Com um pano sujo na boca torta*

Zaddie tinha orgulho de suas tarefas e não se importava nem um pouco que a Sra. Mary-Love não falasse mais com ela por conta de sua função no cortejo entre a Srta. Elinor e o Sr. Oscar.

Como a maior refeição do dia para eles era o almoço, enquanto o jantar consistia em sobras, Mary-

-Love tinha dificuldades em reclamar quando Oscar dizia que iria jantar na casa de James, onde a comida era fresca.

– Você está incomodando James. – Mary-Love se opôs. – Está aumentando a despesa dele com comida.

Oscar deu de ombros e respondeu apenas:

– Mamãe, tio James almoça todos os dias conosco e a senhora não cobra um tostão dele. Ele pode me receber para jantar de vez em quando.

– Todas as noites!

– Ele também convida a senhora e Sister.

– A pobre da Roxie ficaria exausta se fôssemos comer lá o tempo todo.

– Não mesmo. Roxie não cozinha durante o dia. E já me disse que não entende por que a senhora e Sister comem comida fria quando poderiam se deliciar com uma refeição quente.

Mary-Love não respondeu, pois não admitia sua recusa em se sentar à mesma mesa que Elinor Dammert. A mensagem era simples: a guerra não declarada continuava. Sister também não tinha permissão para bater à porta vizinha, e em casa apenas beliscava sua comida fria, desejando saber sobre o que falavam na casa de James.

Não havia mãe e filha mais próximas em Perdido do que Mary-Love Caskey e Sister, mas isso não significava que uma contava tudo o que pensava ou sabia à outra. Na verdade, ambas gostavam de manter pequenos segredos, segredos que podiam ser revelados no momento oportuno para causar um efeito devastador; algo parecido com um menino que joga bombinhas acesas debaixo da cama da irmã enquanto ela tira um cochilo numa tarde quente de verão.

O que Sister guardava não era tanto um segredo, mas uma opinião. Sister acreditava que Elinor era uma jovem poderosa, e que o poder que exercia era exatamente do tipo que Mary-Love estava acostumada a exercer. Elinor Dammert colocava tudo em seus devidos lugares. Ordenava as coisas. Ajeitava-as. Pegava as pessoas e as colocava onde queria, como uma criança posicionando as figuras de um presépio de madeira.

Sister até imaginava James Caskey como uma figura esculpida. Em sua mente, ele ficava em uma base redonda com uma só haste, representando as pernas. A figura de Grace era bem menor. Zaddie estava pintada de preto e Oscar tinha um sorriso largo. Já Elinor Dammert, na imaginação de Sister, enlaçava as cinturas dessas figuras com os braços, erguendo-as e carregando-as. Quando largadas, as figuras balançavam um pouco, mas não saíam do lugar.

Mary-Love, por sua vez, era bajuladora. Ela se valia de estratagemas psicológicos para conseguir que sua vontade prevalecesse. Sister suspeitava que Elinor era a mais poderosa das duas. Mary-Love às vezes parecia ser mais forte, mas apenas porque Elinor se continha.

Embora tivesse o poder de pegar Oscar e colocá-lo onde desejava, Elinor queria que ele viesse por vontade própria. Ela era perfeitamente capaz de derrubar a figura de madeira de Mary-Love Caskey. Estava brincando com Mary-Love, perpetuando a cegueira daquela mulher quanto à própria inferioridade, talvez testando até onde Oscar era capaz de sobrepujar a mãe sem ajuda. Essa era a opinião que Sister escondia da mãe, esperando o momento certo de revelá-la.

⟿

Certa noite, pouco antes do Dia de Ação de Graças, Sister estava com dor de cabeça. Mary-Love passara a tarde inteira falando sobre a Srta. Elinor, e Sister já estava cansada de ouvir sobre esse assunto, especialmente porque considerava tudo o que a mãe dizia distorcido e inexato.

Estavam sentadas na cozinha, comendo sobras de costeletas de porco e milho, quando Mary-Love retomou a conversa de onde tinha parado.

– Não sei o que vamos fazer sobre o Dia de Ação de Graças.

– Como assim, mamãe? – falou Sister com desânimo, cortando um pedaço de gordura da costeleta.

– Ora, comemoraremos aqui, é claro. James e Grace estão convidados, mas quero saber o que James vai fazer a respeito daquela mulher.

Mary-Love não era capaz de dizer "Srta. Elinor" em voz alta, sempre a chamando de "aquela mulher". Isso às vezes era confuso, pois também costumava usar esse epíteto para Genevieve Caskey.

Sister não respondeu, mas estava tão habituada a responder todos os comentários da mãe que o silêncio por si só foi revelador.

– E então, Sister?

– A senhora falou com tio James? – perguntou Sister. – Convidou-o diretamente?

– Claro que não! Por que deveria? Onde mais eles poderiam passar o Dia de Ação de Graças?

– James espera que a senhora convide a Srta. Elinor.

– Jamais! Ele falou isso?

– Sim – respondeu Sister. – Ele disse que espera que a senhora atravesse o quintal e convide a Srta. Elinor a passar o jantar do Dia de Ação de Graças conosco.

– Jamais! Aquela mulher nunca pôs um pé nesta casa e não pretendo recebê-la de portas abertas agora!

– Sendo assim, James afirmou que Grace, a Srta. Elinor e ele vão passar o jantar do Dia de Ação de Graças na casa deles. A senhora será convidada, mas estará no seu direito se não quiser ir.

– Sister, por que está me dando esse ultimato?

– O tio James me pediu para dizer isso. Hoje à tarde.

– Sister! – exclamou Mary-Love, aborrecida. – Consegue acreditar nesse absurdo?

Ela correu até a janela da cozinha e olhou para fora. A sala de jantar da casa de James estava com as luzes acesas e ela via a Srta. Elinor pela janela, servindo algo no prato de Grace.

– Mamãe – falou Sister, sentindo a dor de cabeça ainda pior –, todos na cidade acham que a senhora é louca por não acolher a Srta. Elinor em seu coração. Todos em Perdido admiram a Srta. Elinor.

– Eu não!

– Todos menos a senhora, mamãe.

– Bray não a admira!

– Mamãe, preciso dizer uma coisa…

– O quê?

– Acho melhor a senhora começar a gostar da Srta. Elinor.

– Por quê, Sister?

– Porque Oscar vai acabar se casando com ela.

Mary-Love se afastou da janela, respirando bem fundo.

– Na verdade, eu ficaria surpresa – continuou Sister, impiedosa – se ele ainda não tiver pedido sua mão.

⟳

Oscar estava dando voltas e mais voltas para fazer o pedido naquele mesmo instante, quando a Srta. Elinor servia ervilhas no prato de Grace.

– Srta. Elinor, sabe de uma coisa? – perguntou ele.

– Sim? – falou a Srta. Elinor.

– Tenho pensado em Zaddie.

– A senhorita vai matar aquela menina de tanto trabalhar! – disse James na cabeceira da mesa, rindo.

Com Elinor ali todas as noites, e a presença quase certa de Oscar, James sentia um pouco do que imaginava ser ter uma família de verdade.

– Era nisso que estava pensando – falou Oscar.

– Zaddie tem mais dinheiro do que qualquer outra garota em Perdido, seja branca ou negra. – A Srta. Elinor se empertigou na cadeira, cortando seu presunto. – Todas as vezes que a vê, Oscar, você lhe dá 25 centavos. E eu também.

– Mas as pernas dela estão cansadas – disse Oscar.

– O que espera que Elinor faça sobre as pobres pernas de Zaddie? – perguntou James.

Zaddie, que ouvia a conversa da cozinha, apareceu diante da porta e ergueu a saia para mostrar que não havia nada de errado com suas pernas.

– A Sra. Digman não me deixa pôr um telefone na minha sala, Oscar. Se continuar enviando bilhetes para mim, terá que arranjar outra pessoa para entregá-los.

– Minhas pernas estão ótimas – começou Zaddie, mas Roxie a agarrou pela saia e a arrastou de volta para a cozinha.

– Os brancos não gostam de olhar para uma garotinha negra quando estão comendo – sentenciou Roxie –, a não ser que ela esteja trazendo um prato com comida quente.

A porta da cozinha foi fechada com força, e não se ouviu mais a voz de Zaddie, pelo menos por alguns instantes.

– Mas e se fôssemos casados? – perguntou Oscar. – Então eu não precisaria enviar bilhetes.

Elinor ergueu os olhos. Então fitou James.

– Sr. James – falou Elinor –, acho que Oscar está me pedindo em casamento.

– E a senhorita aceita? – disse James, com um prazer evidente no rosto.

– O que acha, Grace? Devo me casar com seu primo Oscar?

– Não! – exclamou Grace, com angústia estampada em todo o semblante.

– Por que não?

– Não quero que vá embora!

– Ora, e para onde eu iria? – Ela olhou para Oscar. – Se nos casássemos, você me levaria embora?

– Eu nunca vou deixar Perdido, Srta. Elinor!

– Estou falando desta casa, Oscar. Onde propõe que nós dois moremos?

– Não sei – respondeu Oscar após uma breve pausa. – Só me ocorreu neste instante, quando tio James falou sobre como não recebia uma só carta de Genevieve, que eu deveria estar casado. Então olhei e lá estava a senhorita, sentada à sua cadeira, desimpedida. Não tive tempo de pensar nos detalhes. Ainda nem comprei a aliança, Srta.

Elinor, então não me peça uma neste momento. Não poderia dá-la, nem que a senhorita colocasse uma faca no meu pescoço.

Grace pegou sua faca e a brandiu no ar, como se quisesse incentivar Elinor a usá-la conforme sugerido. O pai falou o que Grace pensava.

– Oscar – disse seu tio –, não acho que seria certo se você tirasse a Srta. Elinor de Grace e de mim.

Oscar se virou na cadeira e olhou pelo jardim até a cozinha iluminada da própria casa. Ele via a mãe parada diante da janela, olhando para eles.

– Não acho que mamãe vai gostar muito disso, no fim das contas.

– Oscar, a Sra. Mary-Love não gosta que o senhor tenha qualquer tipo de contato comigo – falou Elinor. – Ela não ficará entusiasmada com a perspectiva de vê-lo me conduzir pelo corredor da igreja.

– Elinor! – exclamou James Caskey. – A senhorita nunca foi a um casamento? O noivo fica no altar, e o pai da noiva a conduz pelo corredor. A senhorita disse que seu pai é falecido, então suponho que terei que assumir o lugar dele.

– Sr. James, não se esqueça de que ainda não aceitei o pedido de Oscar!

– Não diga sim para ele! – exclamou Grace. –
Eu quero me casar com você!

– Querida – falou Elinor, sorrindo para a criança –, se meninas pudessem se casar com meninas,
eu me casaria com você.

Oscar sorriu e acenou para a mãe. Mary-Love
desapareceu da janela.

– Oscar – chamou Elinor –, suponho que teremos que nos casar, já que não posso me casar com
Grace. Mas quero que saiba desde agora que eu
preferiria me casar com ela.

Grace fez um beicinho e baixou a cabeça, com
os punhos cerrados, recusando-se a olhar acima da
borda do prato.

∽

Mais tarde naquela noite, Oscar contou a Sister
sobre o noivado, que por sua vez contou a Mary-
-Love. A mulher se trancou no quarto e só voltou
a sair três dias depois. Fingiu estar mal da barriga,
sem entrar em detalhes.

Sister tratou dos preparativos para o jantar do
Dia de Ação de Graças, o que incluiu convidar
James, Grace e a Srta. Elinor.

∽

Na manhã do feriado, Mary-Love estava pálida e triste, como se tivesse acabado de saber que seu primo favorito tinha morrido e não lhe deixara qualquer dinheiro. Ela abriu a porta para James, Grace e a Srta. Elinor. Era a primeira vez que a jovem entrava na casa.

– Sister me disse que a senhorita e Oscar vão se casar – falou Mary-Love.

– Oscar não contou à senhora? – perguntou James.

– Sister me contou – respondeu Mary-Love.

– Sister tem razão – atalhou Elinor, imperturbável. – Oscar e eu vamos nos casar. Seu filho ficou preocupado com as pernas de Zaddie de tanto trazer os bilhetes que ele escreve para mim. Pessoas casadas não precisam trocar bilhetes.

– Talvez Zaddie tenha mais o que fazer além de passear pela cidade entregando bilhetes – disse Mary-Love. – Talvez ela pudesse fazer uma coisinha ou outra nesta casa. Eu me pergunto por que a pagamos. Eu me pergunto se Zaddie não teria mais serventia montada na velha mula de Creola Sapp.

Quando ficava contrariada, Mary-Love tendia a ser mais enfática.

A Srta. Elinor não assumiu uma postura triunfal

durante o jantar do Dia de Ação de Graças. Tampouco se abalou sob o olhar malicioso de Mary-Love. Parecia à vontade e até riu alto de uma piada que James contou a Sister.

Havia dois bolos para a sobremesa, um de chocolate e outro de coco, além de três tortas: uma de creme de baunilha com cobertura de chocolate, outra de nozes e uma terceira de frutas. Sister e a Srta. Elinor as cortaram e serviram as fatias.

Mary-Love pegou uma e disse:

— Sister me contou que ainda não há data para o casamento.

— É verdade — falou James. — Mas é claro que todos queriam consultá-la sobre os planos, Mary-Love.

— É a família de Elinor que deve tomar as decisões — disse Mary-Love.

— Todos na minha família já morreram — respondeu Elinor.

As pessoas à mesa olharam para Elinor, perplexas. Apenas James havia ouvido isso antes, e já não se lembrava. No geral, supunham que Elinor tinha vários parentes em Wade e nos arredores.

— Todos? — perguntou Sister.

— Sou a última ainda viva.

— Então, mamãe — disse Oscar —, a senhora vai ter que nos ajudar.

– A primeira coisa a fazer – apressou-se em dizer Mary-Love – é definir a data.

– Está bem, mamãe – concordou Oscar, bastante entusiasmado.

Durante a refeição, Mary-Love dirigiu vários comentários à Srta. Elinor, mas nenhum ao próprio filho. Quando Oscar perguntava algo à mãe, ela fingia não ter ouvido e não respondia.

– Daqui a um ano – falou Mary-Love.

A Srta. Elinor parou logo atrás de Mary-Love, segurando um prato com uma fatia de torta para Grace, que tentava alcançá-la em vão. Elinor cravou o olhar em Oscar, mas não disse nada.

– Mamãe – disse Oscar –, isso é muito tempo! Elinor e eu estávamos pensando em algo como fevereiro. A senhora está dizendo que...?

– Srta. Elinor, a senhorita e o Oscar por acaso têm onde morar?

Elinor finalmente deu a volta com o pedaço de torta e a serviu diante de Grace.

– Não, senhora – respondeu ela –, ainda não. Mas creio que vá ser fácil encontrar algum lugar.

– Não um lugar adequado – rebateu Mary-Love, olhando para a frente. – Não algo que seja ideal para vocês dois. Se o casamento for em fevereiro, teriam que morar comigo e com Sister.

– Não! – exclamou Grace. – A Srta. Elinor disse que...

– Quieta, menina! – falou Sister, baixinho.

– Eu os convidei a virem morar comigo, Mary-Love – comentou James.

– James, você tem menos espaço do que eu. E não é certo que um casal recém-casado divida o lar com outras pessoas. Os recém-casados precisam de tempo sozinhos.

Havia frieza na voz de Mary-Love, contrastando com a benevolência de suas palavras.

– Ora, mamãe, esperar um ano não resolve nenhum desses problemas – disse Oscar. – Ainda precisaremos procurar um lugar para morar.

– Não, não será preciso – retrucou Mary-Love, olhando para o filho pela primeira vez desde o início da refeição.

Oscar corou e desviou o olhar. Elinor voltara ao seu lugar à mesa e fitou o futuro marido em silêncio.

– Eu já decidi o que darei a vocês como presente de casamento.

– O quê? – quis saber Oscar, erguendo o olhar.

– Vou construir uma casa para vocês – contou Mary-Love –, bem ao lado da nossa, entre esta aqui e os limites da cidade.

Antes que algum dos convivas pudesse expressar surpresa diante daquelas palavras, ela prosseguiu:

– Mas, mesmo que as obras começassem amanhã, e não começarão, pois ainda não falei sobre isso com ninguém, a casa não estaria concluída antes de abril ou maio, e daí precisaremos tratar da mobília. Sister e eu cuidaremos disso, Srta. Elinor. A senhorita não precisará levantar uma palha.

A Srta. Elinor continuou em silêncio.

– Então, quando a casa estiver pronta, poderemos planejar o casamento. Isso levará mais uns dois meses. Oscar é meu único filho homem. Portanto, quero garantir que tudo seja feito como deve ser. Oscar? – disse ela, exigindo que ele aprovasse seu plano sem objeções.

Oscar se virou e olhou para Elinor Dammert. Ela não disse nada, não moveu o olhar, não alterou sua expressão. Oscar não recebeu qualquer pista do que Elinor achava que ele devia responder e, graças à sua tolice masculina, não percebeu que a falta de pistas era uma pista muito evidente.

– Mamãe, precisa mesmo ser um ano inteiro? – questionou ele.

– Sim, precisa – respondeu Mary-Love.

Por fim, ele aquiesceu.

– Srta. Elinor? – falou Mary-Love.

– Como Oscar quiser – disse ela, levando um pedaço de bolo de coco à boca.

## CAPÍTULO 6

# *A retaliação de Oscar*

Os invernos eram brandos em Perdido, mas quase sempre havia uma onda de frio que durava cerca de uma semana no final de janeiro. Invariavelmente, alguma idosa negra no campo, cuja casa decrépita tinha as paredes feitas quase apenas de camadas de jornal, sucumbia e era encontrada morta pelos netos que tinham vindo apanhar suas últimas nozes-pecãs.

Enquanto isso, as mulheres e filhas dos donos das fábricas tinham alguns dias para exibir seus casacos de peles. Canos congelados estouravam por todos os lados, e a família se sentava na cozinha à beira do fogão. Com exceção dessa única semana, era possível se sentar na varanda durante todo o ano. E o clima nunca ficava frio a ponto de a Srta. Elinor não ir à escola no pequeno barco verde de Bray. Costumava-se dizer que ela era tão pouco afetada pelo frio daquele rio quanto os peixes que nadavam ali.

Durante o inverno de 1920, o primeiro que Elinor passara em Perdido, a notícia sobre o pacto entre Mary-Love e Oscar se espalhou por toda a cidade; e estava claro para todos qual era a natureza daquele trato. Em troca da concordância de Oscar em postergar o casamento por um ano (período durante o qual Mary-Love sem dúvida esperava que o noivado fosse rompido), ela construiria uma bela casa para o filho logo ao lado da sua.

Supondo que conseguisse o que queria e a Srta. Elinor voltasse para o lugar de onde tinha vindo, fosse ele qual fosse, Mary-Love continuaria com o filho solteiro. Seu único problema seria o que fazer com a casa. Talvez, como presumiam aqueles que gostavam de fazer conjecturas, ela própria poderia se mudar para lá.

Ninguém nunca soube o que a Srta. Elinor achava desse acordo. Ela não reclamava, embora o Natal tivesse passado, e o novo ano houvesse chegado, sem que nada fosse feito. Não havia planta para consultar. Nem uma só estaca no chão, um alvará de construção para pregar naquela estaca inexistente, um contrato com um empreiteiro ou cordões presos à terra arenosa para delimitar o terreno. Mary-Love postergou qualquer ação durante todo o inverno e, sempre que o filho mencionava o assunto, ela exclamava: "Ah,

Oscar, vai ser a casa mais bonita da cidade!", e logo em seguida inventava uma desculpa para se afastar.

～

Na primavera de 1920, as chuvas voltaram, mas não foram tão severas quanto no ano anterior. Todos ficaram ansiosos, olhando com desconfiança para os rios sempre que eles estavam ao alcance da vista, o que, considerando a geografia de Perdido, era quase sempre.

Tornou-se um hábito perguntar à Srta. Elinor o que ela achava sobre a questão. Afinal de contas, a mulher descia o rio Perdido a remo todos os dias. Mesmo aos sábados e domingos, quando não dava aula, ela ia de barco à igreja, com Oscar sentado de forma relaxada, e muito contente, à proa da embarcação.

Se alguém na turma da escola dominical o censurava por ele permitir que a Srta. Elinor fizesse todo aquele esforço sozinha, ele respondia: "Por Deus, vocês acham que eu tenho força para cruzar o encontro dos rios a remo? Estou cogitando contratar Elinor para subir o Blackwater e derrubar uns ciprestes para mim. Ela disse que aceita, desde que eu contrate um rapaz para ajudá-la a trazer a madeira toda de volta à cidade."

A Srta. Elinor, que via o rio mais de perto do que qualquer um, saberia dizer se uma enchente se aproximava. E ela tranquilizara as pessoas: não haveria enchentes naquele ano. Como sabia? Pela maneira como os galhos flutuavam até a confluência dos rios, e pelo tipo de galhos que surgia. Pela rapidez com que o redemoinho girava e quais animais eram sugados para o leito do rio. Pela cor da lama do rio Perdido, sendo que ninguém nunca tinha pensado que aquela lama mudasse de cor, embora a Srta. Elinor garantisse que sim. Pelas alterações nos bancos de areia e na contracorrenteza, além da quantidade de barro que se depositava ao longo das margens. Pessoas que tinham passado toda a vida em Perdido não conseguiam notar essas mudanças, muito menos interpretá-las. No entanto, como era a Srta. Elinor quem afirmava tudo isso, todos passaram a crer que não haveria enchente naquele ano.

Isso não significava que a cidade estaria livre das chuvas. Choveu bastante. Na época em que as azaleias brotaram, do fim de fevereiro até março, apenas chuviscou, de modo que os brotos morreram nos galhos. Quando foi a vez de as rosas nascerem, as chuvas foram mais fortes e a água penetrou o solo ao redor delas.

Quando começava a chover durante as aulas, a

Srta. Elinor mandava as crianças escancararem as janelas. "Sintam o cheiro da chuva!", exclamava ela, ao que as crianças enchiam os pulmões com o ar repleto de umidade. Se estivesse em casa, a Srta. Elinor se sentava na varanda e puxava a cadeira para mais perto dos degraus. Zaddie e Grace se sentavam uma de cada lado dela e ficavam observando, hipnotizadas, a água da chuva escorrer do telhado sem calhas em uma cortina translúcida, derramando-se nos degraus e no corrimão da varanda, encharcando os pés delas e as bainhas de seus vestidos.

Zaddie e Grace faziam menção de recuar, mas a Srta. Elinor as tranquilizava: "Vai secar. Não se preocupem. Nada seca mais rápido do que a água da chuva. É a água mais pura que existe!" Ela então se inclinava para a frente e pegava com as mãos em concha a água que caía do telhado, oferecendo-a para Grace e Zaddie, que bebiam com a língua, como cães obedientes.

～

Oscar se sentia culpado não só por ter cedido à mãe, mas porque Elinor não lhe contava o que ele fizera de errado. O cortejo continuou como antes, mas com uma exceção: sempre que o assunto do presente de casamento prometido por Mary-Love ou da data da cerimônia vinha à tona, Elinor ficava em silêncio, e nada era capaz de convencê-la a responder às perguntas de Oscar com algo além de um sim a contragosto ou um não emburrado.

Oscar estava determinado a mostrar a Elinor que ele não era fraco, que podia enfrentar a mãe. É claro que o trato já estava feito e ele precisaria cumpri-lo, mas não haveria mais barganhas ou alterações. Não aceitaria uma só semana de atraso no casamento. Além disso, havia a relevante questão da casa.

– Mamãe, a senhora está postergando – disse ele a Mary-Love.

– Postergando o quê?

– A casa. A senhora não está tratando do assunto porque não quer que Elinor e eu nos casemos.

Mary-Love ficou calada. Ela não conseguia se forçar a contar uma mentira tão grande.

– Bem, mamãe, preciso lhe dizer o seguinte: Elinor e eu vamos nos casar no sábado depois do Dia de Ação de Graças, quer haja uma casa pronta ou não. Se não houver casa, vamos arranjar outro lugar para morar. E esse "outro lugar" pode ser em Perdido ou não...

O discurso foi suficiente para convencer Mary-Love. Ela sabia que o filho cumpriria sua promessa.

Assim, embora ainda fizesse frio, ela foi a Mobile no dia seguinte para falar com alguns arquitetos. Um deles veio a Perdido na segunda-feira, analisou o terreno e conversou melhor com Mary-Love sobre o tipo de casa que ela tinha em mente. As obras começaram na segunda semana de março.

A casa seria construída de frente para a de Mary-Love, à beira do terreno arenoso, junto ao limite da cidade. Na verdade, todas as janelas da ala oeste da nova construção dariam para a parede de pinheiros e tsugas que demarcava a propriedade dos Caskeys. Ficaria mais afastada da estrada do que a casa de Mary-Love, mas, como Perdido fazia uma curva para o norte naquele exato local, os imóveis ficariam à mesma distância da água.

Para que as obras começassem, seis das árvores da Srta. Elinor tiveram que ser derrubadas. Elas já tinham diâmetro suficiente para serem transportadas para a fábrica. Foram cortadas em tábuas estreitas, que seriam usadas para construir a treliça nos fundos da casa nova. Em todo aquele processo, o único consolo de Mary-Love foi ver as seis árvores de Elinor serem destruídas.

Dia após dia, a obra continuava a menos de 60 metros de onde Elinor se sentava na varanda da casa de James Caskey. Se ela se levantasse e se inclinasse só um pouco para a frente, poderia ver a casa nova sendo erguida, mas não se dava a esse trabalho. Zaddie, sentada aos seus pés, disse:

– Srta. Elinor, por que não vai ver sua casa nova?

– A Sra. Mary-Love é quem está construindo aquela casa – respondeu Elinor.

– Mas é para a senhorita! – exclamou Grace, que só então começara a se acostumar à ideia de que Elinor iria embora dali.

A menina havia bolado um plano para fugir de casa no dia seguinte ao casamento e enviar um bilhete dizendo que só voltaria sob a condição de ser adotada por Elinor.

– Quando a casa estiver pronta, vai ser minha e de Oscar – disse Elinor. – Teremos tempo de sobra para andar por ela e ver como são os cômodos.

Oscar sabia que Elinor não tinha ido à casa, embora no dia 1º de maio já fosse possível subir até o segundo andar. Era a casa mais bonita e espaçosa de Perdido, e ele tinha prazer em descrevê-la para Elinor. Destacava suas qualidades e esboçava diagramas da planta como se fosse um sepulcro talhado em mármore do outro lado do mundo, algo fantástico que ela talvez jamais pudesse visitar, em vez de uma casa sendo construída logo ao lado, em que ambos morariam.

Elinor ouvia com paciência todas aquelas descrições entusiasmadas e, quando ele terminava, limitava-se a dizer:

– Parece que vai ficar linda, Oscar. Sei que mal pode esperar para entrar nela.

– Mas e você? Mamãe está construindo essa casa para nós dois, Elinor!

– Ah! – respondeu Elinor. – Não consigo nem começar a pensar nisso antes do sábado depois do Dia de Ação de Graças.

Após mais uma de muitas conversas desse tipo, Oscar foi atrás de Sister e disse:

– Sister, Elinor acha que eu vou desistir ou ceder. Ela acha que vou deixar a mamãe me enganar de novo. Você sabe que a mamãe me enganou, não sabe?

– Elinor só está com raiva – falou Sister. – Está desapontada por você não ter sido mais esperto.

– Eu fui pego desprevenido! – protestou Oscar. – A mamãe me pregou uma peça à mesa de jantar!

– Os homens supostamente deveriam ser mais inteligentes que as mulheres – argumentou Sister.

– Ninguém em Perdido jamais disse isso, ao menos que eu tenha ouvido – falou Oscar. – E, Sister, não acredito nem por um instante que você concorde com essa ideia.

– Não mesmo – admitiu Sister após alguns instantes –, não concordo. Ouça o que eu digo, Oscar.

Ele nunca tinha ouvido a irmã empregar esse tom. Estavam no quarto de Sister, que gesticulou para Oscar se sentar. Ele o fez, acomodando-se em uma cadeira perto da janela. Dali, conseguia ver o rio, bem como as árvores de Elinor.

– Oscar – prosseguiu Sister –, Elinor está aguardando para ver se você vai agir corretamente.

– Sister, não sei do que está falando.

– Saberia se parasse para pensar – falou a irmã, exasperada. – Elinor não disse nada porque quer jogar limpo.

– Jogar limpo? – repetiu Oscar.

– Oscar, não acha que você e ela já estariam casados se a Srta. Elinor tivesse insistido? Não percebe que a casa estaria terminada e vocês já estariam morando nela?

Oscar pensou na questão por um instante e assentiu.

– Oscar, você é um tolo...

– Eu sei! – exclamou ele, com sinceridade.

– ... por não ver o quanto Elinor e mamãe são parecidas. A mamãe diz o que fazer e você faz. Elinor diz o que fazer e você faz.

– Mas, Sister, esse é o problema. Elinor não me diz o que ela quer!

– É claro que não – falou Sister. – Ela espera que você faça alguma coisa sozinho. É por isso que não diz nada. Elinor não vai enfrentar a mamãe. Não vai dizer o que deve fazer. Mas Oscar… por Deus, se parasse para pensar cinco minutos, saberia o que fazer. Nunca vou entender por que ainda não fez isso!

Sister se levantou e saiu do quarto. Oscar ficou mais quinze minutos sentado ali, olhando para o rio pela janela. Nunca na vida tinha ouvido Sister falar de forma tão sensata.

~

Na última quinta-feira de maio, Oscar passou para visitar o tio a caminho de casa. Como sempre, Elinor, Zaddie e Grace estavam sentadas na varanda. Zaddie e Elinor estavam descascando vagens temporãs; Grace lia em voz alta um livro sobre esquimós. Oscar se inclinou para junto de Elinor e, sem preâmbulos, disse:

– Elinor, por acaso consegue tirar um dia de folga da escola amanhã?

– Consigo – respondeu Elinor. – Há algum motivo para isso?

– Há, sim – falou Oscar.

– Então é o que farei – disse Elinor.

Ela não perguntou o motivo.

– Por quê? – indagou Grace.

– Shhh! – repreendeu Oscar. – Nem uma palavra à mamãe ou a ninguém, Grace. E você também, Zaddie.

– Sim! – exclamaram Zaddie e Grace em uníssono.

– Também vou tirar o dia de folga amanhã – falou Oscar. – Elinor, passarei aqui assim que a mamãe sair para Mobile. Ela vai até lá com Caroline DeBordenave. Sei que a Sra. Caroline gosta de sair cedo.

Elinor assentiu e apenas disse:

– Oscar, a Sra. Mary-Love está olhando para você da varanda lateral e deve estar se perguntando o que tanto cochicha comigo.

– Olá, mamãe! – exclamou Oscar, virando-se para acenar. – Já cheguei!

Caroline e Mary-Love saíram às sete da manhã do dia seguinte no automóvel de Caroline. Elas pretendiam passar a noite em Mobile. Oscar, que se demorou tanto ao tomar o café da manhã que sua mãe ficou desconfiada, levantou-se e observou o carro se afastar.

– Sister – falou ele –, você vai ajudar a mim e Elinor hoje?

– Ajudar vocês a fazer o quê? – perguntou Sister, cortando a casca de uma torrada.

Oscar se virou para ela com um sorriso.

– A nos casar, ora essa.

～

Zaddie estava passando o ancinho no quintal e observava o céu límpido, perguntando-se quando as nuvens chegariam. A Srta. Elinor lhe dissera que ia chover e Zaddie acreditava. A Srta. Elinor, Grace e James Caskey ainda estavam tomando café da manhã. Oscar entrou na casa de James sem bater à porta.

– Zaddie vai à escola às sete e meia para dizer à Sra. Digman que não estou me sentindo bem – avisou Elinor.

Ela não perguntou a Oscar por que ele lhe pedira para ficar em casa.

– Sou o diretor do conselho escolar – disse James Caskey. – Oscar, não posso admitir que Elinor minta para a Sra. Digman. Quero que nos conte o motivo por trás disso tudo.

– Elinor e eu vamos nos casar hoje.

A mulher não pareceu nem um pouco surpresa.

– O que a Sra. Mary-Love tem a dizer sobre isso?

– Não sei – respondeu Oscar.

– E quanto ao trato de vocês? – perguntou Elinor.

– A mamãe me enganou! Ela me pegou desprevenido!

– Ela não vai ficar nada feliz, Oscar – comentou Elinor. – Talvez até tome a casa de volta.

– Para dar a quem? – quis saber James Caskey.

Na verdade, James estava contente com a decisão de Oscar – mesmo que isso significasse enganar tanto a Sra. Digman como Mary-Love.

– Para mim! – exclamou Grace. – Quero ficar com a casa. Tem um quarto-varanda no segundo andar e a tia Mary-Love disse que vão ter quatro camas suspensas. O papai, você, eu e Zaddie poderíamos morar lá.

– Não vou sair desta casa – falou James, que sempre respondia às sugestões estapafúrdias da filha com seriedade.

– A mamãe não pode fazer nada – disse Oscar. – Tenho uma licença e já falei com a Sra. Driver. Está decidido!

– Fico feliz – comentou James. – Acho que tem razão em agir assim, Oscar. Creio que está tomando a atitude correta, mas quero que a Srta. Elinor saiba que vamos definhar sem ela. Não vamos, Grace?

A menina assentiu vigorosamente.

– Nós vamos morrer!

– Não vão nada – disse Elinor. – Mas onde será a cerimônia de casamento? E quando?

– Hoje, é claro. Enquanto a mamãe está em Mobile. Não sei onde. Eu...

– Aqui! – exclamou Grace.

– Aqui – ecoou James. – Bem aqui no salão.

– Está bem – disse Oscar.

Elinor aceitou a proposta de casamento de Oscar com uma tranquilidade quase desconcertante, como se esperasse há meses esse acontecimento súbito.

– Oscar, deixe-me terminar de tomar o desjejum – disse ela. – Depois, vou ter que arranjar algo para vestir. Você não me deu muito tempo para me preparar.

Na verdade, Sister estava cuidando do vestido. Ela telefonara para a Sra. Daughtry, a costureira. Antes que Elinor tivesse se levantado da mesa, a mulher já estava batendo à porta. Elinor tinha um biscoito em uma das mãos e uma xícara de café na outra enquanto a Sra. Daughtry tirava suas medidas.

Ao longo de toda a manhã, a Sra. Daughtry ficou no quarto de costura, cortando o vestido em que Elinor se casaria, e Ivey Sapp assou bolos e tortas. Ao mesmo tempo, Roxie Welles tratou do jantar do casamento. Zaddie pegou uma machadinha e foi até as margens do rio Perdido cortar galhos de árvores, que enfeitariam o salão de James Caskey.

Elinor, Oscar e James se sentaram para almoçar às pressas ao meio-dia, na companhia de Annie Bell Driver. Elinor já estava na cidade há quase um ano, mas só tinha intimidade com James, Grace e Oscar. Para além da família Caskey e das crianças da escola, Elinor não se encontrava com ninguém. Annie Bell Driver era uma exceção.

A mulher costumava parar ali por alguns minutos quando passava em sua carroça pela casa de James Caskey e via a Srta. Elinor sentada na varanda. Elinor e a pastora não eram íntimas de forma alguma, mas Annie Bell conhecia Mary-Love e sabia sua opinião sobre o noivado do filho. Assim, Oscar pedira a Annie Bell para ministrar a cerimônia de casamento, não só por conta da simpatia dela por Elinor, mas porque nenhum outro pastor na cidade se arriscaria a desagradar Mary-Love.

Depois do almoço, Elinor mandou Zaddie entregar um bilhete à Sra. Digman dizendo que ela estava se sentindo melhor – tanto que decidira se casar com Oscar e provavelmente só voltaria à escola na quinta-feira. Zaddie trouxe de volta felicitações da Sra. Digman e também de Grace.

Grace estava perdida em devaneios sobre o casamento, a ponto de não ter escutado uma só palavra do que a professora dissera naquela manhã. À tarde, Elinor e Oscar fizeram as malas para a lua de mel, enquanto Sister chorava na varanda. Às duas da tarde, começou a chover, pouco a princípio, pois as nuvens nem chegavam a cobrir o céu. O sol brilhava ao sul, formando um arco-íris que era quase uma abóbada sobre Perdido. Ivey Sapp disse a Zaddie que chuva com sol era prova indiscutível de que o diabo estava batendo na mulher dele, segundo uma expressão sulista bem esquisita.

– Sister! – chamou Oscar, saindo pela porta em direção à varanda. – Por que está chorando?

– Você vai se casar, Oscar!

– Eu sei – disse ele. – E foi tudo planejado. Tive um trabalho danado.

– Você vai me deixar aqui com a mamãe. É terrível! Queria poder ir com você e Elinor hoje à noite. Levem-me com vocês!

– Sister, não podemos levar você em nossa lua de mel. Sabe disso.

– Eu preciso ir! Não quero ter que contar à mamãe que você se casou enquanto ela estava fora da cidade comprando cortinas!

– Eu vou contar a ela depois da lua de mel. Embora, verdade seja dita, não estou nada ansioso por isso. Mas é o meu casamento, e eu serei o responsável por contar a ela.

– Oscar, ela vai saber de tudo assim que voltar e ver que você e Elinor não estão mais aqui.

– Diga à mamãe que não podíamos esperar. *Eu* não podia esperar o verão inteiro.

A chuva caía do telhado, derramando-se sobre o corrimão da varanda; Oscar recuou. Elinor acenou para ele da porta.

– Meia hora! – gritou ela. – Mande Zaddie para cá e deixe Roxie ajeitar o cabelo dela!

O casamento aconteceu às cinco da tarde. O salão estava decorado com os ramos de pinheiro e cedro que cobriam o rio Perdido naquela manhã. A Sra. Daughtry não tivera tempo de terminar o vestido, que estava apenas alinhavado com pontos provisórios, de modo que a costureira alertou Elinor para não fazer movimentos bruscos ou erguer os braços. Zaddie e Grace foram as damas de honra, vestidas de branco, com cestos de pétalas de murtas-crepes nos braços. James Caskey entregou Elinor ao noivo. Roxie, Ivey e Bray foram os únicos convidados, em pé diante da porta do salão de jantar. Sister ficou sentada no sofá, chorando com amargura.

A chuva nunca abrandou, e o céu enfim ficou coberto de nuvens.

Para se fazer ouvir sobre o som da chuva que fustigava as janelas e o telhado, Annie Bell Driver teve que falar como se estivesse apresentando um sermão em uma igreja de Mobile. A chuva fazia os batentes das janelas chacoalharem, escorria pelos peitoris e pingava da chaminé até todo o salão cheirar a sempre-vivas encharcadas.

Bray havia posto as malas do casal no automóvel mais cedo, e Elinor não quis sequer levar um guarda-chuva para atravessar o temporal até o carro parado em frente à casa de Mary-Love. Os pontos provisórios na manga do vestido se desmancharam quando ela ergueu o braço para acenar para todos. Ela gargalhava no banco da frente enquanto Oscar, totalmente ensopado, seguia com o Torpedo pela rua, que estava coberta por mais de 7 centímetros de água agitada, tingida da cor do barro que havia por debaixo dela – tingida de vermelho, vermelho Perdido.

## CAPÍTULO 7

## *Genevieve*

Na tarde daquela primeira segunda-feira de junho, o clima havia esquentado em Perdido. O rio próximo das casas dos Caskeys se encontrava no período de vazante, mais lamacento e vermelho do que nunca. Mary-Love e Sister estavam sentadas na varanda lateral, fora do alcance do sol opressivo que se impunha no céu.

Mary-Love tinha em seu colo duas peças grandes de tecido de algodão com padrões, uma em azul-claro e outra em um tom suave de violeta, e usava um molde de papelão para cortar quadrados e triângulos. Sister, que tinha paciência e um olho atento, costurava essas formas para compor quadrados grandes. Em cerca de duas semanas, já teriam o suficiente para fazer uma colcha.

Sister levantou a cabeça quando o automóvel de Oscar parou em frente à casa; Mary-Love não reagiu.

– São eles, Sister? – perguntou Mary-Love com calma.

Apreensiva, Sister olhou para a mãe e assentiu. Assim que voltara de Mobile no sábado anterior, Mary-Love foi informada do casamento precipitado do filho com a professora ruiva. Mas, desde o momento em que aquela notícia terrível saíra dos lábios trêmulos de Sister, a mulher não havia permitido que ninguém falasse uma só palavra sobre o assunto. Amigos que trouxessem felicitações, sinceras ou irônicas, não passavam da porta – e isso incluía Caroline DeBordenave e Manda Turk.

As pessoas presumiam que Mary-Love estivesse ressentida, mas ninguém podia afirmar com certeza. Sem dúvida, foi humilhante saber que, em uma bela tarde, seu único filho havia se casado enquanto ela comprava materiais para cortinas fora da cidade. Mary-Love nem sequer compareceu à igreja, e Sister passou dois dias receosa de falar qualquer coisa, temendo que uma única palavra pudesse inflamar o rancor latente da mãe e transformá-lo em um incêndio.

– O que a Elinor está vestindo, Sister?

– Ela está muito bonita, mamãe.

– Sem dúvida – falou Mary-Love, suas tesouras fazendo *claque-claque*.

Elinor e Oscar subiram pelo caminho de ladrilho até a varanda.

– Estamos aqui do lado – chamou Sister da varanda lateral.

Elinor contornou a casa sem hesitar. Com duas malas, Oscar ficou para trás. Ele se permitira nutrir uma leve esperança de que a mãe tivesse saído da cidade por algumas semanas. Ficou alguns instantes parado, recuperando-se da decepção por ela estar sentada bem ali, esperando que voltassem e com uma tesoura na mão.

– Boa tarde, Sister. Boa tarde, Sra. Mary-Love. Oscar e eu voltamos.

– Ah, como você está linda! – exclamou Sister, levantando-se tão precipitadamente que os quadrados e triângulos de tecido não costurados foram todos ao chão.

– Sister! – falou a mãe, em tom de censura. – Isso me deu tanto trabalho...

– Desculpe, mamãe, mas a Sra. Elinor não está linda? Ela...

– Sem dúvida – Mary-Love se apressou em dizer. – Venha cá, Elinor, me dê um beijo. – Obediente, Elinor se aproximou e beijou o rosto empinado da mulher. – Oscar.

Ele contornou a casa.

– Mamãe, voltamos.

– Onde está meu beijo?

Oscar beijou a mãe, e os recém-casados pararam diante da cadeira de Mary-Love.

– Então – disse a mulher –, vocês não puderam esperar...

– Nem um minuto a mais – falou Elinor.

Mary-Love encarou os dois, juntos ali, por cerca de cinco segundos. Então pegou de volta sua tesoura e o molde de papelão. Aquilo era tudo que pretendia dizer.

– Mamãe – começou Oscar, em tom de desculpas –, não é que não quiséssemos a senhora no casamento. É que...

– Não me peça desculpas! – exclamou Mary-Love, olhando para ele novamente. – Não fui eu que me casei! Isso me poupou trabalho e despesas! Mas, como sabe, Oscar, a casa ao lado ainda não está pronta. Nem de longe...

– Eu sei, mas, mamãe...

– Onde você e Elinor pretendem morar? Posso saber?

– Com tio James – respondeu Oscar. – Ele nos disse que poderíamos ficar no quarto de Elinor até a casa ficar pronta. O tio James não queria perder nossa companhia, e gostaria muito de nos ter por perto. Disse ainda que Grace também não estava pronta para abrir mão de Elinor.

Os dentes de Sister rangeram.

– O que foi? – perguntou Oscar.

Elinor se sentou no banco suspenso em frente a Mary-Love, e Oscar recuou para se sentar ao lado dela.

– Vocês não vão para lá – disse Mary-Love.

– Não podem morar com o tio James! – exclamou Sister. – Pobre Grace.

– Por que não? – Oscar exigiu saber. – O tio James me disse que...

– Parados – ordenou Mary-Love, sua tesoura erguida. – Fiquem bem parados e quietos.

Elinor parou de se balançar no banco, ancorando-o com o pé. Oscar e Sister prenderam a respiração. Do outro lado do quintal, ouviram uma voz estridente feminina vindo da casa de James Caskey. Oscar então notou a ausência de pegadas na areia entre as casas, o que era estranho, pois o vaivém constante fora retomado nos últimos meses.

A voz estridente aumentava e diminuía e, enquanto a ouviam, a fonte do som se movia da janela da sala de jantar para a janela da cozinha.

Oscar ficou pálido.

– Pobre Grace – disse Sister com um suspiro.

– Pobre Roxie – acrescentou Mary-Love. – Pobre James.

– Por Deus! – sussurrou Oscar. – Genevieve voltou.

Elinor tornou a se balançar.

– Quando ela voltou? – perguntou Elinor.

– Ontem de manhã – respondeu Sister. – Estava sentada na varanda com as malas quando James, Grace e eu retornamos da igreja. Levantou-se, estendeu os braços e disse: "Grace, venha me dar um abraço." A menina se recusou.

– Tem como culpá-la? – questionou Mary-Love. – Você a teria abraçado?

– Mas Genevieve é a mãe de Grace – retrucou Sister.

– Elinor – disse Mary-Love –, não sei se fico feliz ou triste por você não ter estado aqui ontem de manhã.

– Por que diz isso, Sra. Mary-Love?

– Não há ninguém nesta família que consiga lidar com Genevieve. *Eu* não consigo. Você consegue, Sister?

– Não! – Sister gemeu. – Claro que não!

– E sei que tampouco Oscar e James. Sempre achei que você talvez conseguisse. Pelo menos é o que eu *espero*.

– Aposto que consegue, sim – falou Oscar, com orgulho. – Elinor consegue lidar com quem quer que seja. Querida – disse ele, virando-se para a esposa –, por que nunca a chamaram para a Liga das Nações? Sabe dizer o que estão esperando?

Mary-Love ignorou a interrupção brincalhona do filho.

– Mas talvez tenha sido melhor vocês dois não estarem aqui. Para onde foram, afinal?

– Fomos a Gulf Shores – respondeu Elinor. – Pedi a Oscar que me levasse, pois adoro água.

– Vocês deveriam ter visto Elinor nas ondas – falou Oscar, orgulhoso. – Ela não tem o menor medo da correnteza.

– Deve ter sido lindo! – comentou Sister, animada.

– Foi mesmo – disse Elinor. – Mas, no fim das contas, me sinto mais à vontade na água doce do que na salgada.

Mary-Love também ignorou esse diálogo.

– Genevieve sabe tudo a seu respeito, Elinor.

– O que ela sabe exatamente?

– Sabe que estava morando na casa de James e que tomou conta dele e de Grace – disse Mary--Love. – Sabe tudo o que há para saber – concluiu ela, assentindo de forma incisiva.

– *Como* ela sabe? – indagou Elinor.

– Grace contou – falou Sister. – Ontem à tarde estávamos aqui como agora, e lá estava Genevieve na varanda outra vez, obrigando a pobre Grace a contar tudo o que aconteceu nos últimos quinze meses.

– Esse é o tempo que Genevieve passou em Nashville – explicou Oscar. – Tínhamos esperança de que ela continuasse mais um ou dois meses por lá.

– Tínhamos esperança – disse Mary-Love, corrigindo-o – que ela continuasse lá *pelo resto da eternidade*. Essa era a nossa esperança. Sou incapaz de lidar com ela. Fico *furiosa*!

Mary-Love Caskey enfrentava um dilema ético. Não podia aprovar o casamento repentino do filho com Elinor Dammert, mas precisava ser sincera e reconhecer que nunca vira James tão feliz desde a morte da mãe dele. E tudo isso graças a Elinor. Esse ponto a favor dela só ficou claro com o retorno de Genevieve. Além disso, Mary-Love sabia que não conseguiria enfrentar as duas mulheres ao mesmo tempo. Portanto, talvez fosse melhor colocar uma contra a outra, mesmo que isso significasse uma súbita trégua com Elinor, dando a impressão equivocada de que estivesse perdoada por ter se casado com Oscar.

– Elinor – falou Mary-Love após alguns instantes –, temo que vá achar o andar de cima um pouco apertado.

– Mamãe, a senhora quer que moremos *aqui?* Achei que...

– Para onde mais poderiam ir? – perguntou Mary-Love. – Há outro lugar nesta cidade além do Hotel Osceola? Já pensou sobre as lembranças que aquele lugar traz para Elinor, Oscar? Ou pretende se mudar para uma casa que nem sequer todas as paredes foram erguidas?

– Não, mas...

– Não me venha com "mas" – retrucou Mary-Love. – Elinor, a boa notícia é que o quarto de Oscar tem vista para o bom e velho rio Perdido, que você tanto adora!

～

Genevieve Caskey não era tão desagradável nem tão perigosa quanto Mary-Love dera a entender. Ela mal passava de uma mulher petulante. Às vezes, nem isso. Casara-se com James Caskey por causa de dinheiro e porque, por natureza, ele era fácil de dominar.

Fazia o marido infeliz principalmente porque James não tinha nada que estar casado, para início de conversa. Em seu íntimo, sempre seria um eterno solteirão, e o fato de ter arranjado uma esposa não havia apagado a marca da feminilidade que ele trazia gravada a ferro e fogo. Talvez a má reputação de Genevieve em Perdido se devesse apenas ao fato de que Mary-Love antipatizara com ela desde o início, alimentando esse sentimento até se tornar repulsa – e medo.

Além disso, era possível que as amigas de Mary-Love tivessem adotado essa mesma atitude, cada interação se tornando mais virulenta, por cortesia a ela. Por fim, talvez a cidade inteira já estivesse tão acostumada a ouvir dizer que Genevieve era um monstro egoísta, de tamanhos mau gênio e embriaguez, que não conseguia mais olhar para a mulher de James Caskey de outra maneira, mesmo que o temperamento de Genevieve, que era relativamente ameno, não confirmasse em nada a opinião geral.

Genevieve morou em Perdido por três anos após o casamento, mas bastavam apenas cinco minutos de conversa para que todos percebessem que ela a considerava a cidade mais atrasada, tediosa, minúscula e insignificante de todo o Sul do país.

– Eu me divertiria mais em uma esquina de Nova Orleans ou Nashville do que se passasse o resto da vida em Perdido. A coisa mais empolgante para se fazer em Perdido é se sentar à beira do rio e contar os gambás mortos que a água traz!

Dessa forma, o que se podia dizer contra Genevieve era que ela não parecia ser uma mulher que se esforçasse para agradar o marido. O mesmo poderia ser dito sobre várias das esposas de Perdido. A outra falha indiscutível de Genevieve era que bebia.

Manda Turk contava que Genevieve Caskey seria capaz de entrar pela porta da frente de uma taberna se as mulheres fossem autorizadas a fazer isso, ou se Perdido tivesse uma. Todos sabiam que ela bebia, embora Roxie amarrasse as garrafas vazias em sacos de aniagem, embrulhadas em trapos para que não chacoalhassem. Quando Escue, o pequeno criado dela, conduzia sua carroça até o lixão com os sacos na caçamba, as pessoas olhavam e diziam: "Misericórdia, lá vai a maldição de James Caskey!"

Genevieve bebia tudo o que conseguia arranjar. Comprava bebidas dos indígenas que viviam no pinheiral, e as duas garotinhas vinham trazê-las à sua porta, montadas em uma mula arreada. Ela mandava Bray atravessar a fronteira da Flórida, onde a venda de álcool era legalizada, e ele trazia caixas e mais caixas em sua carroça. Genevieve então se sentava diante da janela, em plena luz do dia, com uma garrafa e um copo sobre a mesa.

No entanto, ela ficava bonita em seus vestidos vindos diretamente de Nova York. Também era esperta como uma raposa e saberia dizer os três nomes de cada presidente que os homens elegeram para o governo dos Estados Unidos. Quando estava fora, o que era a maior parte do tempo, James lhe mandava 700 dólares por mês para pagar as contas que Genevieve enviava a Perdido. Quando a mulher retornava, ele se curvava diante de sua presença e lhe dava tudo o que pedisse.

Grace sonhava com a mãe todas as noites, mas os sonhos quase nunca eram agradáveis. Quando Genevieve estava longe, a menina queria que ela estivesse em casa. Quando Genevieve estava em casa, ela a queria longe. A criança olhava para a mãe com uma reverência que se aproximava muito pouco do afeto. Nas raras vezes em que voltava para casa, Genevieve olhava a filha dos pés à cabeça e a primeira coisa que fazia, antes mesmo de beijá-la, era se sentar na varanda, tirar uma escova de cerdas duras da bolsa e escovar o cabelo e o couro cabeludo da menina até Grace chorar de dor.

Enquanto a escovava, dizia:

– Qualquer dia desses, querida, vou tirar você do seu pai. Vou finalmente levar você embora desta cidade. Vou lhe mostrar Nashville! Vamos andar por aquelas ruas como se não devêssemos nada a ninguém. Seu pai vai nos comprar um automóvel novo em folha e vou levá-la para todos os lados, mostrando como é a menina de 7 anos mais bonita de todo o estado do Tennessee!

Grace não ousava protestar que não queria deixar o pai ou Perdido e vivia apavorada com a ideia de que, quando Genevieve fosse embora de novo, repentinamente e sem aviso, a menina poderia simplesmente ser colocada em uma das malas da mãe e enviada para Nashville.

James Caskey ouvia essas promessas, ou ameaças, mas estava ciente de que a esposa não tinha a real intenção de assumir a responsabilidade pela filha. Ele não sabia, e nem queria saber, que tipo de vida Genevieve levava em Nashville. Fosse qual fosse, uma criança de 7 anos provavelmente atrapalharia seus prazeres.

∽

Oscar e Elinor sequer haviam tido a chance de levar as malas para dentro de casa naquela tarde de segunda-feira quando ouviram a porta dos fundos da casa de James Caskey bater. Sister se levantou e olhou por cima das camélias.

– Por Deus, mamãe, lá vem a Genevieve! E ela está trazendo um bolo inglês em uma travessa. Não acredito!

Mary-Love se levantou e Oscar fez o mesmo. Elinor continuou sentada no banco.

– Olá, Genevieve! – chamou Oscar, cumprimentando-a.

– Ela está sóbria? Parece sóbria, Sister? – sibilou Mary-Love.

– Olá, Oscar! – respondeu Genevieve. – Ouvi dizer que se casou e que perdi o casamento por 36 horas! Fiquei tão chateada! Trouxe um bolo para sua nova esposa.

Ela atravessou o quintal, apagando várias das espirais que Zaddie tanto se esforçara para fazer. Em seguida, subiu os degraus da varanda lateral.

– Mary-Love, Sister – disse ela.

Foi um cumprimento bastante discreto, considerando que, desde que chegara, Genevieve ainda não tinha visto Mary-Love e só encontrara Sister uma vez. Genevieve olhou para Elinor e sorriu.

– Sra. Elinor, muito prazer. Ah, minha filhinha é apaixonada pela senhora! Cuidou tão bem dela! Desta vez, não vou ter que queimar todos os vestidos da menina. Sra. Elinor, aceite este bolo como agradecimento. Deixei Roxie descansar um pouco e eu mesma tratei de fazê-lo.

– Obrigada, Sra. Caskey.

– Por favor, me chame de Genevieve. Pus quase um quilo de açúcar na massa. Estou retribuindo por ter engordado meu marido durante minha longa ausência – falou Genevieve com um sorriso.

Elinor sorriu de volta.

– James foi muito generoso ao me oferecer um teto quando eu não tinha para onde ir.

– Ah, James é assim mesmo. Não esperaria outra coisa dele. De onde vem, Sra. Elinor?

&

Mais tarde, depois de Genevieve voltar para casa, Sister e Oscar declararam que nunca a tinham visto tão simpática.

– Ela não receberia nem os meus filhos daquela maneira! Elinor, não achou que ela foi simpática? – perguntou Mary-Love.

– Acho que ela quis dar uma boa olhada em mim. Só isso – respondeu Elinor.

– Acho que tem razão – disse Mary-Love, embora não gostasse de se ver concordando com Elinor, mesmo que em uma questão trivial. – Você deve achar que estamos prejudicando Genevieve quando falamos dela dessa maneira. Deve achar que ela não é tão desagradável quanto damos a entender. E que ela *não* mantém uma caixa de uísque escondida atrás do closet de James.

– O que eu acho – disse Elinor – é que Genevieve ouviu falar tanto de mim quanto eu dela e quis ver o que era verdade e o que não era.

– Genevieve estava sendo gentil – protestou Oscar. – Mamãe, será que a senhora e Elinor não podem lhe dar um desconto?

– Ela passou bem do meu lado – falou Sister. – Se cheirasse a bebida, eu teria sentido. E não senti cheiro algum.

– Sister – falou Elinor –, o que Genevieve mais gostaria neste mundo é de me jogar de cabeça no rio Perdido.

– E você vai dar a ela a chance de fazer isso? – perguntou Oscar.

– Nunca – respondeu Elinor, e todos acreditaram nela.

## CAPÍTULO 8

## *O presente de casamento*

Assim que o período letivo terminou, no começo de junho, Oscar e Elinor partiram em uma verdadeira lua de mel. Foram a Nova York e Boston e, para surpresa de todos, viajaram de barco até Pensacola. A ideia foi de Elinor, e a maioria das pessoas achou uma decisão acertada. Desde a chegada dos trens de alta velocidade, ninguém mais cogitava viajar de barco; era como se fosse um transporte para pobres. Qualquer um poderia subir em uma tora de madeira e chegar flutuando na noite seguinte ao Golfo do México.

Quando Elinor voltou da lua de mel, Mary-Love, Sister e ela concordaram em fazer uma trégua ("pelo bem de Oscar", dissera Mary-Love). Até mesmo para vizinhas tão próximas e atentas quanto Manda Turk e Caroline DeBordenave, as três pareciam se dar muito bem.

Certa manhã, quando Manda Turk acordou com uma dor de dente ao raiar do dia, ela olhou pela janela do quarto e notou que Elinor Caskey nadava no rio, usando apenas um vestido de algodão branco. Mais tarde, quando comentou o quanto aquilo era estranho e talvez até inapropriado, Mary-Love defendeu a nora.

– Ah, Caroline – disse Mary-Love com um suspiro –, quando seus filhos se casarem, vai ver o quanto está ultrapassada. Não vejo nada de errado com um pouco de exercício pela manhã.

Elinor e Oscar dividiam o quarto que antes tinha sido só dele. Era o maior da casa e ficava nos fundos do segundo andar. Tinha uma pequena sala de estar contígua e três janelas que davam para o rio Perdido. Apesar desse conforto, Oscar e Elinor teriam preferido ficar sozinhos, e não sob o olhar constante de Mary-Love.

Para piorar, as obras na casa ao lado foram interrompidas. Em Perdido, havia apenas uma empreiteira. Na verdade, seria generoso chamar de "empreiteira" um negócio composto por apenas dois irmãos, os Hines, e os sete negros que trabalhavam para eles por 1 dólar e 25 centavos ao dia.

Henry Turk havia implorado a Mary-Love que liberasse os irmãos Hines para que pudessem reconstruir o depósito de madeira para a fábrica dele. Das três madeireiras, a de Henry fora a mais afetada pela enchente, e ele ainda não havia se recuperado por completo.

Oscar e James haviam lhe emprestado dinheiro, sem que um soubesse da atitude do outro, e esses eram os fundos que financiariam a construção. Mary-Love ficou mais do que contente em ceder os trabalhadores para Henry, dizendo, inclusive, que poderia ficar com eles o tempo que precisasse. Também ofereceu ao homem, desde que guardasse segredo, um empréstimo de 10 mil dólares caso precisasse de qualquer outra coisa na propriedade. Assim, os trabalhadores foram embora e as chuvas de verão caíram ruidosamente, atingindo o interior dos quartos que deveriam oferecer privacidade e satisfação a Elinor e Oscar, mas que ainda não passavam de áreas abertas com vigas, tábuas e estacas.

Oscar pediu desculpas à mulher pelo atraso. Elinor respondeu apenas:

– Se pudesse evitar, Oscar, suponho que teria feito alguma coisa.

O tom de voz frio o incentivou a agir. Oscar foi falar com a mãe, perguntando se não deveria ir a Bay Minette, Atmore e Jay para ver se não havia ninguém disponível para o serviço. Ressaltou que a casa já deveria estar concluída àquela altura.

Mary-Love argumentou que um contrato era um contrato, que havia assinado com os irmãos Hines e que não pretendia voltar atrás. Oscar teve que admitir que isso era justo. No fim das contas, era o dinheiro da mãe que estava pagando por tudo aquilo. Portanto, ela faria as coisas como quisesse e de nenhuma outra maneira.

Assim, durante o verão, a atribulada residência dos Caskeys, composta por Elinor, Oscar, Mary-Love e Sister, habituou-se a uma rotina em que todos se entendiam. Sentiam-se um pouco acuados com a obra inacabada de um lado (as tábuas já começavam a escurecer por exposição às intempéries) e Genevieve de outro. Mary-Love declarou que já nem gostava de olhar pelas janelas.

Dos três principais motivos de inquietação de Mary-Love – a nora que não conseguia controlar; seu presente de casamento que despontava, inacabado, da areia; e o fantasma de uma Genevieve que a assombrava, cambaleando pelas ruas com uma garrafa na mão, desgraçando para sempre o bom nome dos Caskeys –, o que mais a perturbava era provavelmente Genevieve.

Todas as manhãs, a família de Mary-Love tomava o desjejum no lado protegido pela tela da varanda, ocasião em que Mary-Love sempre perguntava:

– Acham que vai ser hoje que Genevieve voltará a Nashville?

Mas nunca era o caso. Genevieve continuava em Perdido por mais tempo do que jamais ficara desde o início do casamento.

– Acho que sei por que ela continua aqui – disse Sister certa manhã, em voz baixa.

– Por quê? – indagou Oscar.

É um grande erro imaginar que os homens se importam menos com fofocas do que as mulheres.

– Por causa de Elinor – respondeu Sister, meneando a cabeça para a cunhada.

– Por *minha* causa? – questionou Elinor, se balançando e bebericando o café.

– Genevieve voltou e descobriu que o marido tinha sido feliz na ausência dela. James tinha você, Elinor, para cuidar dele e de Grace.

– James foi bondoso comigo. – Elinor se limitou a dizer. – E eu adoro a Grace.

– Todos adoramos – falou Mary-Love com irritação. – Menos Genevieve. Se tivesse um pingo de consideração por aqueles dois, ela se jogaria na confluência dos rios. Elinor, qualquer dia desses, você bem que poderia levá-la para passear no barco de Bray.

Elinor sorriu e olhou na direção da casa de James Caskey, embora seu campo de visão estivesse bloqueado pelas camélias.

– Eles parecem estar bem. Não acho que Genevieve tenha criado *tantos* problemas assim.

– Já conversou com Grace, Elinor? – perguntou Mary-Love. – Ela não é uma criança feliz, não da maneira como costumava ser quando você morava lá. Quem me dera as coisas pudessem voltar a ser como antes.

Ninguém naquela varanda deixou de perceber que aquele "como antes" significava antes de Oscar e Elinor se casarem.

Ivey trouxe mais café e disse:

– A Sra. Genevieve acha que a Sra. Elinor convenceu o Sr. James a pedir o divórcio.

– E como sabe disso, Ivey? – perguntou Oscar.

– Zaddie me contou – respondeu Ivey, voltando para dentro.

– Zaddie de fato saberia disso – ressaltou Elinor.

– Aquela criança fica ouvindo às escondidas nas janelas! – exclamou Mary-Love, que nunca perdoara a menina pela devoção a Elinor. – Ela sobe onde pode e cola o ouvido na tela!

– Ela não faz nada disso – rebateu Elinor com serenidade. – Zaddie tem bons ouvidos e, quando está passando o ancinho pelo quintal de manhã, ouve tudo pelas janelas abertas.

– Você *tentaria* convencer James a pedir o divórcio, Elinor? – perguntou o marido.

– Eu não acredito em divórcio – falou ela. – Mas também não acredito em se casar com a pessoa errada – acrescentou após um instante.

Assim, Genevieve continuou em Perdido. Se bebia, não o fazia diante da janela, tampouco andava pelas calçadas com uma garrafa. Ela ia à igreja, onde se sentava no banco dos Caskeys, ao lado de Elinor, mas não frequentava a escola dominical.

Segundo Mary-Love, era para não falar com ninguém. A meia hora de intervalo entre a escola dominical e o culto da manhã era uma ótima ocasião social para todas as igrejas de Perdido. Mas, se Genevieve aparecesse durante o prelúdio do órgão, conseguiria evitar qualquer conversa. E era isso que fazia, deslizando para o banco e segurando a mão de Grace, apenas meneando a cabeça para cumprimentar Elinor, Sister e Mary-Love.

Vez ou outra, Genevieve convidava Elinor para ir de automóvel até Mobile para fazerem compras. Genevieve gostava de dirigir, e as duas mulheres levavam Zaddie para carregar os pacotes. Quando Genevieve ia às compras com o dinheiro de James, a menina sempre precisava equilibrar um grande volume nos braços. Mary-Love aprovava sem reservas esses passeios.

– Ah, Sister! – dizia ela, assentindo. – Quando Elinor sai de casa, é como nos velhos tempos, em que jantávamos só nós três. Também significa que Elinor vai lidar com Genevieve, e não nós.

– Elas até que se dão bem – ressaltou Sister.

– Não me surpreende – falou Mary-Love, em tom sério.

– Mas também acho – disse Sister, em defesa de Elinor – que ela está tentando ficar de olho em Genevieve. É por causa do que a senhora disse, sobre Grace estar infeliz com a mãe. Elinor ama aquela menina tanto quanto nós.

～

Estranhamente, era Genevieve quem estava destinada a alterar todo o futuro de Perdido. Cansada de ouvir as histórias de James sobre a enchente e os medos dele de que a catástrofe pudesse voltar a ocorrer, ela sugeriu:

– Ora, por que simplesmente não constrói um dique?

James se sentou de volta na cadeira sem perceber, espantado que ninguém nunca tivesse pensado em uma solução tão simples.

– Natchez tem um dique – salientou Genevieve. – Nova Orleans também. Esses lugares não são atingidos por enchentes. Existe algum motivo para Perdido não ter um? Se Perdido tivesse, eu não teria mais que olhar para aquele maldito rio.

James ficou cismado com a ideia. Falou com Oscar a respeito e, na noite seguinte, apresentou-a em uma nova proposta para o conselho escolar – embora o assunto não estivesse dentro do escopo daquela organização. No entanto, Oscar mencionou a questão na reunião do conselho municipal.

Àquela altura, Perdido inteira já havia debatido a ideia e, em sua maioria, a aprovado. Apenas duas pessoas na cidade foram contra o aterro: Elinor Caskey e uma anciã que vivia nos limites da Baixada dos Batistas e dizia que montes de terra eram solo fértil para espíritos mortíferos.

Elinor argumentava que o dique era feio, caro e inútil. Acima da confluência, ele teria que ser construído ao longo de toda a margem sul do rio Perdido, o que não só estragaria a vista e eliminaria o atracadouro, como ainda os confinaria.

No lado do rio Blackwater, as três madeireiras já não teriam livre acesso às águas. As toras que precisassem ser transportadas rio abaixo – até outras madeireiras ou até o Golfo – teriam que ser desviadas até o sul da cidade.

Abaixo da confluência, o dique teria que ser erguido nas duas margens do rio, de modo a proteger o centro da cidade, as casas dos trabalhadores e a Baixada dos Batistas. Novas pontes teriam que ser construídas, a custos astronômicos. No fim, Perdido daria a impressão de ter ido parar no fundo de uma jazida de argila. A cidade sacrificaria seu charme para receber apenas a ilusão de segurança. *Ilusão*, porque nenhum dique seria tão firme e alto a ponto de conter as águas do rio quando elas decidissem subir. Montes de terra, afirmou Elinor com veemência, não seriam capazes de impedir uma enchente.

– Por Deus, Genevieve – disse Elinor na manhã seguinte à reunião do conselho municipal em que fundos para um estudo de engenharia foram aprovados. – Não sei por que você foi causar a confusão de trazer isso à tona.

– A cidade vai ser levada pela próxima chuva forte se não construírem um dique – argumentou Genevieve. Estava sentada na cozinha, misturando um bolo. Ela acrescentou uma xícara inteira de rum escuro, usando a bebida em vez de leite. – Eu também gostaria de vê-lo pronto. Odeio a visão da água, Elinor. Sei que gosta de nadar, mas prefiro mil vezes terra firme e seca! Deus me livre de morrer afogada!

∽

Apesar de todo o esforço de Mary-Love para atrasar as obras, a casa ao lado ficou pronta na última semana de julho. Os irmãos Hines demonstraram uma honestidade inconveniente, que os obrigava a respeitar o cronograma original. Em particular, Mary-Love implorou que cada um dos irmãos cuidasse dos próprios interesses e trabalhasse nos projetos de Henry Turk, mas ambos ergueram as mãos e disseram:

– Sra. Caskey, promessa é dívida! E sabemos o quanto Oscar está ansioso para se mudar para a própria casa.

Então, no dia 7 de agosto, logo depois da igreja, Elinor pôs pela primeira vez os pés na mansão que era seu presente de casamento. Oscar lhe mostrou a propriedade com orgulho. Era realmente uma casa linda: grande, quadrangular e branca. No primeiro andar, ficavam a cozinha, a sala do café da manhã, duas despensas, uma varanda dos fundos para lavar roupas, uma sala de jantar, dois salões e uma varanda principal para se sentar à cadeira de balanço.

No segundo andar, cuja disposição girava em torno de um corredor central, ficavam duas suítes, sala de estar, toucador e banheiro; dois outros quartos menores; um quarto infantil ou de empregada; um terceiro banheiro; além de um amplo quarto-varanda protegido por uma tela nos fundos, com vista para o rio Perdido. Esse último cômodo parecia ter sido o que mais agradou Elinor.

– Mamãe – disse Oscar com entusiasmo quando voltaram à casa dela. – A Elinor simplesmente adorou.

– E como não adoraria? – falou Mary-Love, com toda a calma.

– A casa é linda – elogiou Elinor. Na opinião de Mary-Love, ela deveria ter dito muito mais, talvez algo como: "Obrigada, Sra. Mary-Love."

– Mamãe, quando podemos nos mudar? – perguntou Oscar. – Estamos ansiosos.

– Ah, ainda não! – exclamou Mary-Love. – Oscar, você por acaso viu algum cortinado naquela casa?

– Não, mas...

– Você quer que todo mundo fique olhando pelas janelas? Sister e eu vamos começar a trabalhar nas cortinas esta semana. Na próxima sexta-feira, vamos a Mobile procurar os móveis.

– Mamãe – disse Oscar –, não precisa estar *perfeita*. Elinor e eu vamos viver naquela casa pelo resto das nossas vidas. Teremos tempo de sobra para enchê-la de móveis.

– Pense em mim! – exclamou Mary-Love. – Pense em Sister. Como acha que vamos nos sentir quando Elinor convidar as pessoas e elas entrarem para ver a casa? Elas dirão: "Meu Deus, esse foi o presente de casamento de Mary-Love Caskey? Ela nem se esforçou para providenciar móveis e cortinas."

– Mamãe – retrucou Oscar –, não há uma só pessoa nesta cidade que diria uma coisa dessas.

– Mas vão *pensar* – insistiu Mary-Love.

Como resultado, Oscar e Elinor continuaram debaixo do teto de Mary-Love e a casa pronta deles ficou vazia.

Mary-Love se empenhou em manter a ilusão de que mobiliava a casa. O motorista a levava a Mobile todas as semanas para escolher tecidos para as cortinas, conjuntos de sala de jantar, tapetes e cristais. Estava claro que tinha tanto prazer em fazer aquelas compras quanto um criminoso condenado teria em escolher a corda que o enforcaria. Ela nunca voltava a Perdido com mais de um item, sendo que às vezes essa compra solitária era algo risivelmente pequeno. As mulheres tinham conquistado o direito ao voto. Quando Mary-Love terminasse de mobiliar a casa do jeito que queria, talvez já tivessem até elegido uma mulher presidente.

Sister às vezes a acompanhava nessas viagens, mas nunca de bom grado. Era convocada pela mãe não para que a ajudasse nas compras, mas na função de ouvinte. Fora de Perdido e longe de Oscar e das criadas, Mary-Love podia tagarelar sobre Elinor sem restrições.

Mary-Love costumava sair na sexta pela manhã, fazer compras à tarde, visitar amigos à noite (ela nascera em Mobile e ainda tinha parentes ali), dormir no Government House, ir às compras de novo no sábado e voltar para casa por volta da hora do jantar no sábado à noite. Oscar aguardava ansiosamente por esses dias de ausência da mãe. Mary-Love ostentava de tal forma o ar de mártir, com seu semblante e palavras obstinadas, que a atmosfera na casa ficava mais leve sempre que ela partia.

Oscar não deixara de notar que Elinor não havia dito uma palavra quando Mary-Love se negou a permitir que eles se mudassem. Ele se lembrou da conversa que tivera com Sister e agora entendia que Elinor esperava que o marido tomasse a atitude correta para resolver o problema. Mas a dificuldade era saber qual atitude seria essa. Quando tentava explicar à esposa por que estava cedendo à mãe naquela questão, alegando que a casa tinha sido presente de Mary-Love, Elinor não demonstrava interesse.

– Oscar, isso é entre você e a Sra. Mary-Love. Quando tomar uma decisão, me avise. Isso é tudo que eu preciso saber.

Oscar bufou. Amava Elinor e era muito feliz em seu casamento. Mas, às vezes, quando parava para olhá-la com atenção, ele se perguntava: "Quem é essa mulher?" Essa era uma pergunta que nem sequer conseguia começar a responder.

O que ele *sabia* era que Elinor se parecia muito com sua mãe: obstinada e dominadora, capaz de exercer poder de uma maneira que ele jamais conseguiria. Esse era o maior dos mitos sobre os homens: como lidavam com dinheiro, como podiam contratar uma pessoa e mais tarde despedi-la, como eram os únicos que ocupavam assentos nas assembleias estaduais e eram eleitos representantes no congresso, todos achavam que detinham o poder.

No entanto, todas essas contratações e demissões, aquisições de terras e contratos de venda de madeira, o processo complexo de aprovar uma emenda constitucional, tudo isso era mera ostentação. Subterfúgios para mascarar a verdadeira impotência dos homens na vida. Os homens controlavam as leis, mas, no fim das contas, eram incapazes de controlar *a si mesmos*. Tinham fracassado em estudar suas mentes e, por conta disso, estavam à mercê de paixões fugazes. Muito mais do que as mulheres, eles eram controlados pela inveja e por seu apetite por vinganças mesquinhas.

Como gozavam desse poder enorme, porém superficial, os homens nunca tinham sido obrigados a se conhecer do modo como as mulheres, em suas adversidades e aparente subserviência, tiveram que aprender sobre os meandros de sua mente e de suas emoções. Oscar sabia que Mary-Love e Elinor podiam tramar maneiras de enganá-lo e iludi-lo. Elas conseguiam o que queriam. Na verdade, todas as mulheres de Perdido, no Alabama, conseguiam o que queriam. É claro que nenhum homem admitiria que era controlado pela mãe, pela esposa, pela filha, pela cozinheira ou por qualquer mulher que viesse andando pela rua em sua direção; a maioria deles, na verdade, sequer tinha noção disso. Mas Oscar tinha. Contudo, mesmo sabendo dessa inferioridade, de sua real impotência, era incapaz de se livrar de qualquer um dos grilhões que o prendiam.

Quem era Elinor Caskey? E de onde vinha? Ela não falava sobre a família. Tinham vivido em Wade, no condado de Fayette, e agora estavam todos mortos. Seu pai costumava operar a balsa que atravessava o rio Tombigbee. Elinor havia cursado a Faculdade de Huntingdon, mas Oscar sequer sabia quem pagara pela sua educação. Ela nunca falava sobre amigas em Montgomery, nunca recebia cartas delas, nunca lhes escrevera. Elinor tinha aparecido um dia em um quarto do Hotel Osceola e Oscar se casara com ela. Isso era tudo.

Elinor não era o único mistério de Oscar, é claro. Havia muitas coisas que não compreendia. Ele não entendia o que estava acontecendo entre Mary-Love e Elinor, por exemplo. Apenas ficava feliz por não estar em casa o dia inteiro como Sister.

Não sabia o que Elinor vira nele; não entendia por que ela o amava, embora o sentimento parecesse verdadeiro. Ele se levantava às cinco da manhã, parava diante da janela do quarto e olhava para o rio Perdido. Ali, via a esposa de camisola de algodão cru, nadando de um lado para outro nas águas rápidas nas quais qualquer outra pessoa se afogaria. E lá estava Zaddie, sentada no atracadouro, balançando os pés na correnteza e segurando o ancinho sobre o colo. O sol ainda nem havia se erguido sobre as árvores.

E, por Deus, os carvalhos-aquáticos que Elinor havia plantado pouco menos de um ano atrás já estavam com 6 metros de altura e 30 centímetros de diâmetro! Tinham sido plantados em conjuntos de dois, três e quatro, e no nível do solo seus troncos já começavam a se unir. Os carvalhos-aquáticos, como sabia Oscar, eram os únicos carvalhos que se agregavam como vidoeiros. Zaddie desenhava com o ancinho um vasto sistema de círculos concêntricos em volta de cada conjunto de árvores, de modo que o quintal parecia um pântano de ciprestes, mas com carvalhos finos e areia sulcada no lugar de grupos de ciprestes e água ondulante.

Eram árvores estreitas, espigadas, com casca cinzenta e folhas verde-escuras minúsculas e rígidas que cresciam somente no topo. Os galhos mais baixos perdiam rapidamente as folhas, apodreciam e caíam na terra, onde eram recolhidos por Zaddie e jogados no rio. No inverno, as folhas ficavam ainda mais verde-escuras, mas só caíam quando eram empurradas pelos novos brotos da primavera. Para além dos canteiros de camélias e azaleias que cresciam nas laterais das casas, os quintais de areia continuavam sem uma só folha de grama, mas aqueles carvalhos-aquáticos cresciam mais rápido do que qualquer árvore que Oscar já tivesse visto; sendo que os Caskeys tinham feito fortuna graças ao conhecimento profundo que tinham das florestas e árvores do condado de Baldwin. Às vezes, quando voltava para casa à tarde, Oscar via aquela floresta jovem e estranha que ele mesmo tinha criado e indagava:

– Mamãe, a senhora já viu algo parecido com a maneira como essas árvores cresceram?!

Mary-Love, na varanda lateral, se limitava a dizer:

– Essas árvores são de Elinor.

E Sister, sentada ao lado dela, falava:

– Elinor é apaixonada por elas.

Elinor então abria a porta para ele e dizia:

– Não cresce uma só folha de grama nesses quintais. Temos que fazer *alguma coisa.*

CAPÍTULO 9

## A estrada para Atmore

Em Perdido, era senso comum que a amizade entre Genevieve e Elinor, duas mulheres que tinham motivos de sobra para se odiarem, se devia à desconfiança mútua e ao desejo de manterem vigilância constante uma sobre a outra.

Caroline DeBordenave e Manda Turk felicitaram Mary-Love por ter uma nora capaz de ir tão longe pelo bem-estar da família. Mary-Love não aceitou o elogio, argumentando que Genevieve e Elinor se mereciam. A única coisa que fazia com que as duas fossem comprar sapatos juntas era aquela camaradagem entre duas pessoas moralmente condenáveis.

No entanto, depois da sugestão de Genevieve de que um dique devia ser erguido para proteger Perdido da elevação das águas, Elinor declarou, furiosa:

– Não quero mais saber daquela mulher.

O verão prosseguiu e, como todos os verões naquela parte do mundo, o calor foi brutal. Pela manhã, o termômetro do lado de fora da janela da casa de Mary-Love sempre marcava no mínimo 26 graus às seis e meia, quando Zaddie começava a trabalhar com o ancinho. Às nove, quando terminava, a temperatura já havia subido para 32 graus.

As mulheres da família Caskey ficavam do lado de fora a manhã toda, fazendo sua colcha de retalhos na varanda – embora nenhuma delas conseguisse imaginar, naquele calor, que um dia chegaria uma estação em que as pessoas fossem querer uma colcha.

Assim que Oscar chegava do trabalho, elas também almoçavam naquela mesma varanda. Bebiam chá gelado em abundância. À tarde o calor era ainda mais opressivo. Ele se acumulava nas folhas rígidas dos carvalhos-aquáticos e torrava a areia dos quintais até ficar tão quente que queimava a sola dos pés.

O calor era silencioso. Nas tardes mais difíceis, não havia um ruído sequer. Os pássaros se embrenhavam de tal forma na floresta que não era possível ouvir seus cantos. Os cães se metiam debaixo das casas, deitando-se desanimados na areia fria, suas cabeças pousadas sobre as patas esticadas. Ninguém visitava ninguém por medo de desmaiar na calçada. Aqueles que ficavam em casa tampouco falavam muito, pois estavam letárgicos de tanto beber chá gelado durante o almoço.

Em uma dessas tardes, por volta das três, não se ouvia nada ao redor das casas dos Caskeys, a não ser o bater da água do rio nas estacas do atracadouro. Sister e Elinor estavam sentadas em um banco suspenso na varanda lateral. O quadro de bordar se encontrava inclinado na direção delas, que trabalhavam devagar na segunda linha de quadrados.

Elinor nunca fizera uma colcha antes, então, para ensiná-la, Sister havia sugerido usar o ponto de bordado mais simples que conhecia. Reclamando que seus olhos lacrimejavam de tanto calor, Mary-Love abandonou seu posto. Ela ficou se balançando em sua cadeira em frente às duas mulheres e, de vez em quando, dirigia um comentário para ninguém em especial, e ninguém em especial se dispunha a responder. Ivey Sapp estava por perto, descascando amendoins em uma tigela esmaltada branca e descartando as cascas em folhas de jornal abertas sob seus pés.

O silêncio se prolongou por algum tempo, até ser quebrado de repente por um grito agudo e convulsivo que vinha da casa de James Caskey. Sister e Elinor fincaram as agulhas na colcha e viraram as cabeças ao mesmo tempo. Mary-Love se levantou da cadeira. Ivey se inclinou para a frente e colocou sua tigela esmaltada no chão da varanda.

– Meu Deus! – disse Elinor após alguns instantes. – É a Grace!

– É *mesmo* a Grace! – concordou Sister.

Elas não reconheceram a voz de imediato, pois ninguém nunca tinha ouvido Grace gritar.

– O que aquela mulher está fazendo? – perguntou Mary-Love, empalidecendo. – O que está fazendo com Grace?

Ouviu-se outro grito, que foi sufocado após alguns segundos. Então, a porta dos fundos da casa de James Caskey se abriu de repente, e as mulheres na varanda, todas de pé a essa altura, viram Zaddie atravessar correndo o jardim na direção delas. Estava apavorada.

Ela subiu ofegante os degraus da varanda.

– A Sra. Genevieve está *espancando* a Grace!

No breve silêncio que se seguiu à revelação de Zaddie, elas ouviram mais soluços convulsivos de Grace, e então mais um grito sufocado.

– O que a Grace fez? – exigiu saber Mary-Love.

– Ela tropeçou num fio e derrubou uma luminária! – falou Zaddie, ofegante. Em momentos de estresse, a fala dela perdia o refinamento que havia conquistado por ser uma leitora ávida. – Nós duas estávamos brincando no corredor, daí o pé dela ficou preso no fio e aí ela derrubou a luminária que caiu e quebrou, daí a Sra. Genevieve veio, catou a luminária, me deu uma bronca daquelas, mas não me bateu. Depois, ela foi buscar a Grace e começou a dar uma *surra* nela!

– Mamãe, a senhora precisa fazer alguma coisa! Ouça só aquela criança!

Grace tinha voltado a gritar. O som agora vinha de outra janela.

– A Sra. Genevieve está perseguindo a menina pela casa! – falou Ivey.

Mary-Love estava indecisa. A política dela era se envolver o mínimo possível com Genevieve, e os Caskeys tampouco tinham o hábito de interferir na criação e disciplina das crianças. Além disso, a seu ver, crianças que eram criadas e disciplinadas da maneira correta *choravam* às vezes.

– Se ninguém vai fazer nada, farei eu – falou Elinor, indignada.

Com essas palavras, ela saiu pela porta de tela, desceu os degraus, cruzou o quintal e entrou pela porta de James Caskey com passos firmes, sem qualquer traço de hesitação.

Sister, Mary-Love, Ivey e Zaddie ficaram enfileiradas na varanda, olhando por sobre as camélias, mal ousando respirar. Então ouviram a voz de Elinor ao longe, atravessando as janelas da casa vizinha:

– Grace! Grace!

Logo em seguida, a porta da casa de James Caskey se abriu e Grace saiu em disparada como um raio. Ela atravessou o quintal correndo e subiu os degraus da casa vizinha. Zaddie foi até ela e a abraçou com força. Mary-Love e Sister afastaram a menina da amiga e a encararam.

– Minha filha, seu rosto está vermelho! – exclamou Mary-Love. – Está machucada!

– A mamãe me bateu! – exclamou Grace. – A mamãe me bateu com um cinto!

– No rosto? – perguntou Mary-Love, incapaz de acreditar que até mesmo Genevieve seria capaz disso. – Ela poderia ter arrancado um olho seu!

Zaddie estava em um canto, conversando aos sussurros com a irmã mais velha. Passados alguns instantes, Ivey se aproximou e disse baixinho:

– Sra. Mary-Love, a Zaddie disse que a Sra. Genevieve anda bebendo...

Mary-Love balançou a cabeça devagar. Sister se sentou no banco suspenso e ergueu Grace, pousando a cabeça da criança no colo e afagando seus cabelos. Grace tapou o rosto com as mãos e começou a chorar. Naquela posição, via-se que as roupas íntimas da criança haviam sido rasgadas e que suas pernas e nádegas também traziam as marcas do cinto de Genevieve. Dois filetes de sangue indicavam onde a fivela rasgara as coxas da menina.

Mary-Love se virou e observou a casa dos Caskeys. O que Elinor estaria dizendo para Genevieve?

De repente, Elinor botou a cabeça para fora da janela da sala de jantar.

– Zaddie! – chamou ela.

– Senhora? – respondeu a menina.

– Vá até a fábrica e traga o Sr. James agora mesmo, ouviu?

A cabeça de Elinor desapareceu. Zaddie foi até o banco suspenso e segurou a mão trêmula de Grace por um instante.

– Ande logo, menina! – exclamou Mary-Love. – Faça o que a Sra. Elinor mandou!

Sister levou Grace para o quarto dela, lavou seu rosto e, depois de baixar as persianas e fechar as cortinas, pôs a criança na cama. Ela se sentou ao lado de Grace, sussurrando palavras de consolo e abanando seu rosto, pois o quarto estava abafado e escuro, até que ela adormecesse. Em seguida, sentou-se em uma cadeira de balanço ao pé da cama com o leque em uma das mãos e um romance na outra. Queria garantir que a criança não estaria sozinha ao acordar.

Mary-Love continuou na varanda lateral com Ivey, as duas observando a casa vizinha com um interesse inabalado e insatisfeito. Não viam nada, não ouviam nada. James chegou em seu automóvel vinte minutos depois que Zaddie foi buscá-lo. A menina negra saltou do carro primeiro. Em vez de ir para a própria casa, James foi à casa da cunhada. Parou entre duas camélias grandes e falou com Mary-Love.

– James – disse ela –, a Zaddie contou o que aconteceu?

Ele assentiu.

– Onde está Grace?

– Está no quarto de Sister. E vai ficar lá até...

– Onde está Genevieve?

– Genevieve e Elinor estão lá dentro – respondeu Mary-Love, apontando para a casa de James. – Mas não faço ideia do que estão dizendo uma para a outra. James, não sei se está lembrado, mas certa vez Genevieve veio atrás de mim com uma vassoura!

James se lembrava, e não gostava de ser recordado da cena.

– O que acha que Elinor está *dizendo* a ela?

– Não faço ideia – insistiu Mary-Love, impaciente. – Só sei que é melhor você ir até lá.

James deu meia-volta e atravessou com relutância o quintal em direção à própria casa. Porém, antes de chegar lá, a porta se abriu e Elinor saiu com duas malas. Sua expressão era sombria.

– Sr. James – chamou ela –, ponha estas malas no carro.

– Elinor, você falou com Genevieve?

– Ainda faltam duas – avisou Elinor, voltando para dentro da casa.

Zaddie e James puseram as quatro malas no carro. Em seguida, vieram três caixas de chapéus, um estojo de joias e dois estojos menores que não se sabia o que continham. Eram todos em couro azul-escuro, com as iniciais douradas GC. A própria Genevieve veio por último, com um vestido preto e um véu da mesma cor tão grosso que não seria possível ver seu rosto nem que a pessoa se aproximasse e apontasse uma lanterna para ele.

– Misericórdia – sussurrou Ivey para Mary-Love –, ela deve estar fritando ali dentro.

– Só quero saber quem foi atrás de quem com uma vassoura – comentou Mary-Love.

Elinor saiu da casa depois de Genevieve e parou diante da porta, como se a guardasse.

– Elinor – disse James, que não ousou falar com a esposa –, para onde vamos?

– Para Atmore. Genevieve vai pegar o trem para Nashville. E, James, você não vai dirigir.

Genevieve já estava entrando no carro. Nunca a postura de uma mulher indicou de forma tão clara sua derrota.

– Então como ela vai para lá? – perguntou James, perplexo.

Ele estava aliviado pelas mulheres estarem lidando com aquela situação tão difícil, como *sempre* faziam, mas gostaria que tornassem um pouco mais fácil entender o papel que lhe havia sido reservado naquele pequeno drama.

– Vai deixar que Bray a leve, com Zaddie no banco de trás – respondeu Elinor.

Ao ouvir isso, Ivey foi correndo até a casa nova buscar Bray, que estava plantando camélias e espinheiros no jardim lateral. Ele entrou e ligou o automóvel, sem sequer trocar as roupas de jardineiro pelo uniforme. Com Zaddie na parte de trás e Genevieve em silêncio e petrificada na frente, partiram rumo a Atmore.

– Bray – gritou Elinor –, dirija com cuidado! Vai chover!

James Caskey olhou para o céu. O calor acumulado de todo um dia de sol escaldante se despejaria daquela imensidão sem nuvens de ar branco-azulado.

～

Elinor se recusou a relevar o que tinha dito a Genevieve para convencê-la a voltar para Nashville. E, como se conjecturava que Elinor Caskey era o motivo que levara Genevieve a permanecer tanto tempo em Perdido, o mistério parecia ainda mais indecifrável.

– Como acham que eu poderia *deixar* que ela continuasse aqui depois do que fez com Grace? A pobre criança *nem quebrou* a luminária.

James e Elinor foram ao quarto de Sister e pararam à beira da cama em que Grace se encontrava. A criança dormia profundamente.

– É a maneira que ela tem de se esconder – falou Sister, baixinho. – Também faço isso.

De volta à varanda, Elinor disse a James:

– Sinto muito. A culpa é minha.

– Culpa?! – exclamou James. – De jeito nenhum, eu...

– Por que diz isso? – exigiu saber Mary-Love, suspeitando da nora.

– Eu devia ter percebido do que Genevieve era capaz. Devia tê-la expulsado daqui antes.

– Sim, Elinor. Concordo – disse Mary-Love. –
Mas vou dizer a verdade: eu não estava nada segura
do seu sucesso esta tarde quando a vi entrar naquela casa. Sister e Ivey também não.

Elinor descartou o comentário com um gesto.

– Eu devia ter pegado Genevieve pelo braço e a
colocado naquele trem dois meses atrás – disse ela.

– James – falou Mary-Love –, está na hora de
falarmos sobre o divórcio.

– Não agora – interrompeu Elinor. – Mais tarde.
Não há necessidade de falar sobre isso neste momento.

– Por que não? – questionou Mary-Love. – E
quando seria melhor? A criança está dormindo lá
em cima, com marcas de cinto no corpo inteiro. E
James tem testemunhas bem aqui.

– Espere até o anoitecer – falou Elinor. – Espere Bray e Zaddie voltarem para termos notícias de
que está tudo resolvido com Genevieve.

෴

A estrada para Atmore seguia a nordeste a partir
de Perdido, passando pelas madeireiras e por algumas centenas de acres de pinheiros de propriedade de Tom DeBordenave. Contornava o pântano
de ciprestes de onde o rio Blackwater surgia e dava

nas plantações vastas e planas de batata e algodão do condado de Escambia.

Atmore era o lugar mais próximo para se pegar o trem, embora fosse uma cidade tão pequena que os trens só paravam para embarcar passageiros se fossem alertados pelo chefe da estação. Por isso, Bray seguiu pela estrada bem mais rápido do que o habitual.

Ele fora avisado que a Sra. Genevieve precisaria estar na estação L&N às cinco e meia para comprar o bilhete e pedir que o chefe da estação se preparasse para parar o trem. O automóvel de James era um pequeno carro de passeio comprado em 1917, um Packard bonito, com carroceria de metal e para-brisa de vidro, que Bray tinha muito prazer em dirigir.

O fim de tarde continuava muito claro e o calor, sufocante. Genevieve estava em silêncio, sem olhar para Bray ou notar a paisagem rural pela qual passavam. No banco de trás, Zaddie estava apreensiva. Sabia que Bray tinha sido convocado para aquela tarefa porque Elinor não queria permitir que Genevieve tivesse a oportunidade de "explicar as coisas" para James durante a viagem, de usar o calor ou o tédio da cidade para justificar seu temperamento. Zaddie também sabia que seu papel era impedir Bray de cair em qualquer tentação lançada por Genevieve. Só que não foi necessário, pois a mulher ofereceu tantas explicações ou subornos quanto um manequim na vitrine da loja de vestidos de Berta Hamilton teria oferecido.

Quando chegaram ao pântano de ciprestes, o calor dentro do automóvel quase havia feito Zaddie adormecer. Ela estava sentada com a cabeça recostada para trás, os olhos fechados para proteger a vista do sol ofuscante do céu do Alabama. Enquanto ele queimava padrões em sua retina, ela se esqueceu de tudo que não fossem as espirais de um amarelo e vermelho vivos que rodopiavam em sua mente.

De repente, o amarelo e o vermelho se apagaram e uma frieza se abateu sobre o rosto de Zaddie. Ela abriu os olhos. Uma nuvem cinza-escura solitária cobrira o sol. Não era grande, provavelmente do tamanho do terreno em que as casas dos Caskeys foram construídas, pensou Zaddie. Mas parecia bastante deslocada ali. A menina podia jurar que a nuvem não estava ali cinco minutos atrás. E havia outra coisa estranha: nuvens solitárias normalmente ficavam muito mais altas no céu e tendiam a ser esparsas, imóveis e brancas. Aquela era escura, turva e baixa.

Não conseguia tirar os olhos da nuvem. Parecia estar vindo para cima deles. Zaddie se encolheu no canto do assento.

Bray havia desacelerado o Packard. Zaddie olhou para a frente. Não muito adiante, um enorme caminhão madeireiro seguia devagar pela estrada, carregado. Estava sem dúvida a caminho de Atmore, onde havia outras duas madeireiras. Longos troncos de pinheiro, despidos de seus galhos, projetavam-se para muito além da caçamba do caminhão, se agitando com o movimento do veículo. Os mais extensos estavam amarrados na ponta com um lenço vermelho, para que os motoristas que vinham atrás pudessem ter uma boa ideia da distância que deveriam manter.

Zaddie tornou a olhar para o céu. A nuvem tinha passado acima deles e seguido seu curso.

Então a garota notou outra coisa estranha: não havia brisa balançando os galhos leves dos ciprestes no pântano. Murchos por conta do calor, eles estavam imóveis. Nenhum vento soprava a grama alta no acostamento. Mesmo assim, aquela nuvem escura havia atravessado o céu.

Logo adiante, a nuvem pareceu parar, e Zaddie viu quando ela começou a despejar a chuva, como se fosse uma esponja apertada por Deus. Até Genevieve ergueu a cabeça para ver. Daquela distância, não mais de 400 metros à frente, era possível observar que a água caía diretamente sobre a estrada pela qual seguiam.

Zaddie nunca tinha visto algo parecido. O sol brilhava ao redor deles, os topos das árvores no pântano iluminados por sua luz amarelo-esbranquiçada. Ainda assim, lá estava aquela nuvem preta solitária, derramando baldes de chuva na estrada.

– O diabo está batendo na mulher dele! – exclamou Zaddie, como Ivey sempre fazia quando chovia mas o sol continuava brilhando.

– Calada, Zaddie! – disse Bray. – A gente vai ter que atravessar aquilo.

Pouco à frente, a estrada fazia uma pequena curva para a direita. Bray e Zaddie conseguiam ver que, ao longo de cerca de 100 metros adiante, a água da nuvem cinza-escura já atingia o pavimento da estrada.

– Se aquele caminhão ali não andar mais rápido, a gente não vai chegar a tempo, Sra. Genevieve.

A mulher não respondeu.

Como se reagisse à necessidade de Bray de andar mais rápido, o caminhão ganhou velocidade. Zaddie supôs que o motorista não quisesse passar mais tempo do que o necessário atravessando aquela estranha chuva torrencial.

Bray também não queria. Ele acelerou na mesma medida.

O caminhão madeireiro adentrou a sombra da nuvem. A água se despejou sobre ele, castigando as árvores derrubadas, e em dois ou três segundos o lenço vermelho na ponta da tora mais longa ficou encharcado. Grandes ondas se erguiam de ambos os lados do veículo.

– Bray! – exclamou Genevieve de repente. – Não!

Mas era tarde demais. O carro já havia adentrado a zona tempestuosa sob a nuvem. Nunca os passageiros daquele automóvel tinham visto um temporal tão grande em uma área tão pequena. O barulho da água se chocando contra o teto era ensurdecedor. A água jorrava das janelas aos borbotões e, em segundos, Bray, Zaddie e Genevieve estavam encharcados.

A chuva caía tão pesada sobre o para-brisa que a estrada adiante desaparecera por completo. Em um instante, os sentidos deles tinham sido capturados pela chuva: visão, audição, paladar, tato e olfato estavam à mercê dela. O Packard derrapou para a esquerda, e Bray acelerou um pouco, tentando recuperar o controle. Ele conseguiu, mas a velocidade adicional aproximou demais o carro do caminhão à frente. De repente, o tronco de pinheiro longo, com o lenço vermelho amarrado, saltou para cima do carro. A tora caiu sobre a dianteira do Packard, deslizou capô acima e rompeu o para-brisa, atravessando-o.

Genevieve sequer teve tempo de gritar. Ela viu algo vermelho lampejar do outro lado do para-brisa, mas, quando sua mente registrou a cor fugaz, o tronco de pinheiro já havia quebrado o vidro. A ponta dentada e resinosa dele, tão afiada quanto uma lança, penetrou seu olho direito, atravessou-o e saiu pela base do crânio. O impacto foi tão grande que a cabeça da mulher foi arrancada do corpo, sendo lançada para o banco de trás.

Zaddie ergueu os olhos e viu a cabeça empalada de Genevieve balançando, sangue diluído pela água da chuva pingando do véu ainda preso. O tronco do pinheiro que havia decapitado Genevieve também ficara preso à parte de dentro do teto do automóvel. Assim, embora Bray tivesse perdido o controle do carro mais uma vez, o Packard continuou sendo arrastado pelo caminhão. Quando saíram debaixo da nuvem rumo à estrada seca, Bray acionou os freios e, ao mesmo tempo, ergueu os braços para libertar o pinheiro do teto.

Sem se dar conta do acidente logo atrás de seu veículo, o motorista do caminhão não parou. Enquanto o corpo de Genevieve se agitava convulsivamente no banco da frente do Packard, a cabeça empalada foi puxada de volta para fora através do para-brisa estilhaçado. Ficou espetada ali até chegar a Atmore, onde foi descoberta por dois trabalhadores que tinham sido enviados para descarregar as toras de madeira. Nenhum dos dois quis tocá-la, mas usaram um pau para tirá-la dali até cair em um velho engradado laranja que colocaram no chão.

– Estão vendo? – disse Elinor, serena, quando receberam a notícia. – Eu disse que não precisávamos falar sobre o divórcio de James.

CAPÍTULO 10

## As joias dos Caskeys

Todos em Perdido foram ao funeral de Genevieve.
Não teria sido possível impedi-los, nem que o próprio
James tivesse se colocado diante da porta da igreja
com uma pilha de notas de 2 dólares para entregar
a quem desse meia-volta e retornasse para casa sem
tentar olhar o cadáver destroçado. No entanto, mesmo depois de entrarem, as pessoas não conseguiam
ver grande coisa, pois a natureza da morte de Genevieve exigia o caixão fechado.

Todos os Caskeys se sentaram no banco da
frente à esquerda. As mulheres vestiam preto,
com véus grossos. O luto profundo havia saído de
moda nos últimos anos. Porém, como os Caskeys
eram uma família proeminente na cidade, todas
ainda tinham no armário um vestido de velório
pronto para ser usado. Até Grace usava um pequeno chapéu com véu grosso. Muitos na cidade

acharam um exagero, mas o véu na verdade era para esconder os machucados e hematomas no rosto da criança, que haviam sido infligidos pela falecida dias antes.

O marido de Genevieve chorou. Naquela manhã, as únicas lágrimas dos Caskeys foram as dele. Mary-Love, Sister e Elinor sequer fingiram tristeza.

No banco atrás de Mary-Love, estavam sentados um homem e uma mulher que ninguém conhecia. O homem, que era alto e mal-apessoado, tossia bastante. A mulher, baixa e com marcas de expressão no rosto, sussurrava e arrulhava para uma criança a seu lado, um menino de cerca de 4 anos que reclamava de tédio com lamúrias e gemidos incessantes. Ninguém precisava ser comunicado de que era a família de Genevieve.

Qualquer refinamento que a falecida pudesse ter exibido, quer fossem as roupas ou o fato de saber o nome dos presidentes, era desmascarado de imediato ao se observar a família dela. Aqueles eram Queenie e Carl Strickland, e o filho deles, Malcolm. Era com eles que Genevieve morara em Nashville.

Haviam chegado apenas meia hora antes do velório, e voltaram de carro diretamente do cemitério. Mary-Love meneou a cabeça quando foi apresentada, e Oscar apertou a mão de todos. Elinor e Sister sorriram. Todos ficaram aliviados quando os Stricklands se evaporaram antes que qualquer pessoa tivesse sido obrigada a lhes dizer algo elogioso sobre a falecida só por constrangimento.

～

Genevieve foi enterrada no cemitério da cidade, que ficava em um terreno arenoso elevado a oeste das casas dos trabalhadores. Felizmente, aquele lugar tinha sido pouco afetado pela enchente. Já o cemitério ao lado da Igreja Batista da Paz de Betel, na Baixada dos Batistas, não tivera tanta sorte. Ali, ossos e destroços de caixões haviam flutuado pela superfície e se espalhado por vários quarteirões quando as águas baixaram.

Antes mesmo de entrarem novamente em suas casas arruinadas, mulheres coletaram os ossos em sacos de aniagem, enquanto os homens cavaram uma vala profunda, na qual os restos mortais indistinguíveis de seus pais, esposas, filhos e amigos puderam repousar até que a próxima enchente os trouxesse à tona outra vez.

Agora, havia cinco túmulos no jazigo dos Caskeys: Elvennia e Roland, pais de James; Randolph, irmão de James e marido de Mary-Love; a menininha que havia sido irmã de Randolph e James; e, por fim, a cova profunda e retangular em cujo fundo a cabeça decepada de Genevieve e seu corpo foram reunidos.

∽

Naquela tarde, Mary-Love, Elinor e Sister trocaram as roupas pretas e foram à casa vizinha para avaliar os pertences de Genevieve. As vestimentas dela seriam divididas entre as três, de acordo com o que servisse em quem. O que nenhuma delas pudesse usar seria dado a Roxie e a Ivey (se Queenie Strickland tivesse ficado em Perdido, como todos temiam que fosse fazer, ela teria recebido parte daquelas roupas, mas, conforme comentou Mary-Love, "teria que levantar todas as bainhas uns 60 centímetros").

A bagagem de Genevieve fora resgatada do Packard acidentado e trazida de volta. Enquanto Elinor e Sister começavam a retirar o conteúdo das malas, Mary-Love abriu as bolsas menores. Duas continham cosméticos, mas a matriarca não conseguia encontrar aquela em que Genevieve guardara suas joias.

– Elas eram de Elvennia – comentou Mary-Love.
– Deviam ter ficado para mim, mas Elvennia as dei-

xou para James. Não sei o que pensava que *ele* fosse fazer com as peças.

A verdade era que Mary-Love não se dava bem com a sogra e Elvennia deixara as joias para o filho por puro rancor.

– Só espero que ninguém tenha roubado a bolsa do automóvel enquanto estava parado na estrada – disse Mary-Love em tom grave.

– Que tipo de joias Genevieve tinha? – perguntou Elinor, segurando uma saia de linho bonita diante da cintura.

– Diamantes, em sua maioria. Não dos grandes, mas muitos. E as pedras eram bem engastadas também. Brincos de rubi, de esmeralda. Braceletes. Não as usava muito, mas sempre as carregava com ela.

– Mamãe, a senhora sabe por quê – disse Sister. – Ela tinha medo que a senhora viesse roubá-las!

– E com razão! – exclamou Mary-Love. – Quem você acha que tomou conta de Elvennia quando ela ficou doente? James não sabia o que fazer. E daí aquela velha teve a audácia de deixar as malditas joias para ele.

Elinor ergueu os olhos: nunca tinha ouvido Mary-Love praguejar.

– Depois do funeral de Elvennia – prosseguiu

Mary-Love –, eu disse: "James, você deveria me dar essas joias. Eu fiz por merecer." Mas ele se recusou, dizendo que era a vontade da mãe. Nunca o perdoei. Não apenas por isso. Falei: "James, me deixe ficar só com as pérolas." Mas nem isso ele foi capaz de fazer.

– Havia pérolas? – perguntou Elinor, interessada.

– Pérolas negras – respondeu Mary-Love. – As mais lindas. Três conjuntos de cordão duplo, fixadas de tal maneira que dava para usar todas ao mesmo tempo. Genevieve poderia ter ficado com os diamantes, rubis e safiras, já que as pessoas aqui não usam joias, só aliança, mas eu teria usado aquelas pérolas a qualquer hora, em qualquer lugar. Pelo menos o cordão menor, para ir à igreja. E a questão era que Genevieve nem gostava delas. Não queria usá-las por serem pretas! Carregava-as para todos os lados, enquanto eu *morria* de vontade de usá-las.

– Pérolas são as minhas preferidas – falou Elinor, baixinho.

– Prefiro as safiras – disse Sister. – Mas tenho só um anel infantil, que ganhei por ter sido a primeira neta. Mamãe, por que não pergunta a James se ele sabe onde está o estojo de joias?

Mary-Love conferia as roupas de baixo e as dividia de acordo com a qualidade. Estendeu duas anáguas sobre o encosto de uma cadeira e disse:

– É isso que vou fazer. Temos que descobrir o que aconteceu com aquelas joias. Elas são *valiosas.*

Elinor e Sister continuaram a desfazer as malas da falecida. Mary-Love voltou dez minutos depois. Parou diante da porta com uma expressão surpresa e uma das mãos às costas.

– Mamãe, James contou onde está o estojo? – perguntou Sister, sem erguer a cabeça.

Mary-Love exibiu a mão, agora diante do corpo. Segurava o porta-joias de Genevieve pela alça lateral. Elinor e Sister se viraram para olhar para Mary--Love. Ela acionou o trinco e a tampa caiu para o lado, abrindo-se. Uma bandeja forrada de veludo vazia foi parar no chão, sem nada dentro.

– Mamãe? – disse Sister. – Onde estão as joias?

Mary-Love encarou a filha, depois a nora. Deixou o porta-joias cair no chão de propósito. O impacto fez a tampa se soltar das dobradiças.

– James as enterrou – respondeu ela após alguns instantes. – Pôs todas no caixão de Genevieve.

∽

Ninguém sabia o quanto James tinha ficado abalado com a morte da mulher. Ele se culpava por tê-la mandado em direção à própria morte. Culpava-se por não ter dirigido o Packard rumo a Atmore, pois então talvez tivesse morrido no lugar dela.

Oscar salientou que, seguindo essa linha de raciocínio, seria mais lógico James culpar Elinor e Bray pela morte de Genevieve. Elinor tinha expulsado a mulher, e talvez a imprudência de Bray ao volante tivesse causado o acidente. Mas James não via a situação dessa forma, e assumiu a culpa. Por isso, de modo a expiar em parte esse pecado involuntário mas fatal, ele enterrou com Genevieve todas as joias que havia herdado da mãe.

Inclusive, pareceu surpreso quando Mary-Love o confrontou.

– Mas, Mary-Love, o que *eu* iria fazer com aquelas joias? – protestou ele, sem forças. – *Eu* não iria usá-las. E já havia dado cada *filigrana* delas a Genevieve...

Mary-Love suspirou. Tinha ido falar com James sozinha. Eles eram a geração mais velha dos Caskeys ainda viva, e certas cenas e decisões exigiam privacidade. Desta vez, não queria o filho ou a filha presentes.

– James – falou Mary-Love –, quem está no quarto ao lado, chorando na cama?

– Grace – respondeu James.

Era possível ouvir os soluços da criança pela parede.

– E o que Grace é? – perguntou Mary-Love, cravando o olhar no rosto do cunhado. – Grace é uma garotinha, certo?

– Sim, é.

– Bem, James, Grace vai crescer e, quando essa hora chegar, ela poderia usar as joias. Aquelas joias, que para começo de conversa deviam ter sido dadas a mim, poderiam ir para Grace. James, você é um tolo. Podia ter dividido as joias, que são todas dos Caskeys, afinal. Algumas para mim, algumas para Sister, outras para Elinor e um cofre inteiro delas para Grace. Podia ter mandado Queenie Strickland de volta com um par de brincos. *Todos* teriam saído ganhando.

James parecia muito perturbado.

– Mary-Love, eu não pensei nisso.

– Eu sei que não. E, mesmo que tivesse pensado, não teria feito! Estou quase pensando em chamar Bray, dar uma pá para ele e pedir que desenterre Genevieve!

James Caskey estremeceu.

– Mary-Love, não faça uma coisa dessas! – exclamou ele.

No entanto, a mulher não lhe daria a satisfação de prometer que não faria aquilo.

O túmulo de Genevieve não foi escavado, e Mary-Love proibiu qualquer menção sobre o assunto das joias da família. O prejuízo era doloroso demais. Ninguém acreditava que James tivesse simplesmente jogado fora um estojo de joias que não podia ser comprado por menos de 38 mil dólares. Há tempos Mary-Love se dedicava a comprar pedras preciosas como investimento e sabia o valor exato delas.

∼

Certa manhã de outubro, Ivey estava na cozinha preparando o almoço. Desde a morte de Genevieve, havia seis semanas, James e Grace tinham passado a fazer todas as refeições com Mary-Love, de modo que restava a Roxie pouco a fazer durante o dia. Assim, ela se habituara a passar a manhã sentada na cozinha de Mary-Love com Ivey e Zaddie.

– Olhem só isso! – exclamou Ivey, debruçando-se sobre o fogão.

– O que foi? – perguntou Roxie.

– Estou olhando as batatas.

– Deram bicho?

– Ah, não! – disse Ivey. – Mas nunca vi a água

ferver tão rápido. Isso significa que vai chover hoje!

– Não estou vendo nenhuma nuvem – comentou Roxie, inclinando-se para a esquerda em sua cadeira de palha para fitar o céu pela janela da cozinha.

– Eu nunca me engano – falou Ivey. – Não quando o assunto é ler batatas.

E Ivey não se enganou. As nuvens chegaram por volta do meio-dia e a chuva começou a cair uma hora depois. James e Oscar, que voltavam da fábrica para o almoço, foram pegos por ela. Os dois pararam na barbearia para se abrigarem e, aproveitando que estavam ali, cortaram o cabelo.

A princípio, não parecia que seria uma chuva forte, mas a intensidade da precipitação aumentou rapidamente, agitando as águas lamacentas do rio Perdido, espirrando areia cinza pesada nos troncos dos carvalhos-aquáticos e obrigando todos a ficar em casa.

Como a cidade não era o tipo de lugar dinâmico que dava motivos urgentes para seus habitantes se deslocarem, ninguém saiu. Nos pinheirais, os trabalhadores das fábricas se abrigaram nas cabines de madeira ou debaixo de um cedro (a árvore que ofereceria o melhor abrigo durante um aguaceiro daqueles). As crianças se amontoaram nas varandas dos fundos para observar a chuva com espanto, pois em Perdido ela podia cair com uma força incrível.

O terreno em volta das casas dos Caskeys ficou inundado. Grace e Zaddie se sentaram nos degraus dos fundos da casa de James Caskey e fizeram barcos de papel, que colocavam em uma grande poça que se formara atrás da cozinha. Porém, essa atividade não era muito divertida, pois a chuva logo transformava os barcos em uma gosma encharcada.

No cemitério, a chuva castigava o túmulo de Genevieve – derrubando os vasos de flores que tinham sido colocados por James, arrancando as pétalas e as enterrando na terra, como se quisesse entregar em mãos a homenagem à falecida esposa. Em pouco tempo, o monte de terra que cobria a cova de Genevieve foi levado pelas águas, deixando o solo tão plano quanto costumava ser quando Genevieve estava viva e sequer pensava naquele jazigo estreito.

Só que a terra sobre uma cova não é compacta, e a chuva a afundou. Logo, havia uma depressão sobre o caixão de Genevieve, que rapidamente se encheu de água. À medida que a água penetrava a terra, mais água caía do céu para encher a vala outra vez. A terra não tardava a sugar aquilo também e, passado algum tempo, qualquer pessoa que por acaso visse o túmulo de Genevieve perceberia que a mulher de James, com joias e tudo, estava não apenas morta, como muito, muito molhada.

～

Mary-Love e Sister estavam entretidas na casa nova, onde mediam as janelas do salão dos fundos para encomendar as cortinas. Desde a conclusão das obras, a estratégia de Mary-Love havia mudado. Ela não tinha intenção de permitir que Oscar a deixasse por vontade própria, mesmo que isso significasse continuar a dividir o teto com Elinor.

Agora que Genevieve estava morta, todo o antagonismo de Mary-Love se voltara para a nora. O fato de ela conseguir manter Oscar a seu lado, mesmo sendo inconveniente e onerosa para o filho, ainda mais quando havia uma casa grande e vazia bem ao lado à espera, só mostrava a Elinor que o controle da mãe sobre Oscar era muito mais forte do que o dela. Mary-Love dissera que não permitiria que eles tomassem posse da casa enquanto não estivesse satisfeita. E a satisfação, refletia com prazer Mary-Love em seu íntimo, era algo que poderia ser adiado por tempo indeterminado. Os quartos principais tinham sido mobiliados havia tempos, e agora lençóis protegiam os móveis da poeira. A casa estava escura e silenciosa, pois a água e a eletricidade ainda não tinham sido ligadas.

Em todas as laterais da casa, a água da chuva caía em uma cortina pesada do telhado alto, cavando valas junto aos novos canteiros de flores que Bray havia plantado.

– Sister – disse Mary-Love, olhando apreensiva para a densidade da água pela qual teriam que passar para chegar em casa –, você tem algo para cobrir a cabeça?

– Vamos esperar aqui até passar – sugeriu Sister. – Não deve ficar tão forte por muito tempo.

Mary-Love assentiu, pois não parecia valer a pena voltar para casa à mercê da chuva. As mulheres terminaram de tirar as medidas e, depois de retirarem e dobrarem com cuidado os lençóis que cobriam o sofá novo no salão da frente, sentaram-se.

Sister abriu as cortinas daquele cômodo, penduradas apenas na semana anterior, e as duas ficaram esperando algum sinal de que o aguaceiro diminuísse.

O som da chuva era hipnótico e, embora fosse apenas outubro, o ar estava frio. A casa, que fora construída para permitir a entrada de muita luz e ar, parecia soturna, escura e inóspita.

– Mamãe – chamou Sister –, talvez devêssemos acender alguma lareira...

– Fique à vontade – disse Mary-Love. – Tem algum fósforo? Gravetos? Um balde de carvão?

– Não – respondeu Sister.

– Então, boa sorte – falou Mary-Love, abraçando o próprio corpo com mais força.

De forma quase imperceptível, durante essa breve troca de palavras, a chuva havia diminuído.

Sister ergueu a cabeça de repente.

– Mamãe, a senhora ouviu isso?

– Estou ouvindo a chuva.

– Estou falando de algo na casa – sussurrou Sister. – Estou ouvindo algo aqui dentro.

– Não ouço nada. O que está ouvindo é a água respingando na varanda, isso sim.

– Não, mamãe, é outra coisa.

Algo caiu no chão do cômodo logo acima delas.

– Ouviu?! – exclamou Sister, saltando para mais perto da mãe no sofá. – Tem alguém lá em cima.

– Não tem nada! – disse Mary-Love com firmeza, mas sem estar plenamente convencida.

Elas ficaram em silêncio, atentas. A chuva continuou a diminuir, mas ainda estava longe de parar. Então ouviram um retinir metálico, muito baixo e distante. Que som era aquele? Era como se estivessem ouvindo Grace abrir seu cofre de porquinho na cama do quarto ao lado.

Mary-Love se levantou, mas Sister tentou puxá-la de volta para o sofá.

– Sister, não há ninguém aqui. Um esquilo ou morcego deve ter entrado. Ou é a água que está pingando do telhado novo. Sabe quanto me custou aquele telhado? Vou subir para ver e você vem comigo.

Sister não teve coragem de recusar. Ouviu-se um barulho mais alto. Mary-Love foi em direção ao corredor e se pôs a subir as escadas. Sister seguiu a mãe, segurando uma das pregas na parte de trás da saia de Mary-Love.

– Veio daquele quarto da frente – constatou Mary-Love.

Elas pararam no patamar e olharam para cima, em direção ao corredor do segundo andar. Todas as portas estavam fechadas e o corredor permanecia escuro, imerso na penumbra. No final dele, uma porta com vitrais quadrangulares se abria para uma varanda estreita. O vitral brilhava em tons fortes de vermelho, azul-cobalto e amarelo-esverdeado, mas a luz não era forte o suficiente para iluminar o carpete escuro.

As duas ouviram aquele mesmo retinir.

Sister estremeceu e agarrou o braço da mãe.

– Mamãe, isso não é um morcego!

Mary-Love subiu as escadas a passos firmes. Ela não hesitou, avançando pelo corredor, pisando com força no chão acarpetado para alertar o que quer que estivesse dentro daquele quarto sobre sua chegada. No fim do corredor, ela se desviou de repente para a esquerda e bateu na parede ao lado da porta. Em seguida, bateu à porta.

A princípio, fez-se silêncio ali dentro. Por fim, ouviu-se um baque suave, seguido de outro retinir metálico.

Sister, que tinha vindo atrás da mãe, arquejou e prendeu a respiração.

– Ai, mamãe – implorou ela em um sussurro –, não abra essa porta.

Mary-Love girou a maçaneta e abriu a porta do quarto. Ela se escancarou devagar e revelou um aposento quadrangular escuro, as janelas tapadas por cortinas grossas. A mobília ali fora a primeira a ser comprada, de modo que os móveis estavam sob lençóis por mais tempo do que quaisquer outros.

O quarto estava pintado de verde-escuro. Mary--Love e Sister não conseguiam ver nada além dos contornos da cama de nogueira, da penteadeira e do espelho dela, do guarda-roupa e da cômoda. As mulheres ficaram imóveis diante da porta, esperando ouvir outro retinir, outro baque, tentando notar algum movimento no quarto escurecido.

Algo brilhou no canto do teto bem acima do guarda-roupa. Logo em seguida, ouviu-se um baque alto. Sister gritou.

– O que foi isso? – exigiu saber Mary-Love.

– Vi alguma coisa no teto! Vi alguma coisa no teto!

– O que era?

– Não sei! Mamãe, feche essa porta e vamos sair daqui.

– Não se vê nada com essas cortinas fechadas. Sister, abra as cortinas.

– Mamãe! Eu não vou até lá! Tem alguma coisa aqui dentro!

– É um morcego – insistiu Mary-Love –, e eu preciso matá-lo. Mas tenho que ver onde ele está primeiro.

– Morcegos não brilham!

Outro lampejo, seguido de um retinir. Sister gritou, deu meia-volta e saiu correndo pelo corredor.

Mary-Love ficou observando a filha por alguns instantes, então atravessou a passos firmes o quarto para abrir as cortinas.

– Sister! – chamou ela, afastando o tecido para o lado.

Ela se virou e viu com o canto do olho outro lampejo perto do teto. Então, para sua surpresa, sentiu algo pesado e pontudo bater em sua nuca. Esse algo caiu no chão com um baque.

Sister apareceu timidamente diante da porta. Mary-Love se inclinou para pegar o que quer que a tivesse atingido.

– Mamãe, o que é isso? – indagou Sister, temerosa.

Mary-Love ergueu o objeto contra a luz.

– É um anel de safira – falou. Então, após uma pausa, acrescentou em tom sombrio: – Sua avó usava este anel no dedo do meio da mão direita.

Sister gritou e apontou para o canto do quarto. Logo acima do guarda-roupa, despontando do reboco do teto, um pequeno conjunto de joias reluzia. Era como se tivessem sido forçadas para fora, como batatas em um espremedor. O bracelete se agitou lá em cima por um instante, depois caiu, retinindo de leve sobre o guarda-roupa. Mary-Love foi até lá e o apanhou. O bracelete era composto de sete rubis, cada qual cercado de pequenos diamantes.

– Elvennia usou este no meu casamento – contou Mary-Love.

Além disso, um anel com três diamantes de bom tamanho engastados também estava sobre o guarda-roupa.

– Mamãe – sussurrou Sister, apontando para a cama.

Em cima do lençol de proteção, via-se um pequeno amontoado de joias.

– Mamãe – chamou Sister outra vez –, isso tudo está vindo do *teto*!

Com a testa franzida e uma expressão intrigada, Mary-Love apertou o bracelete e os dois anéis até sentir a pressão das facetas das joias contra a carne.

– Sister – sussurrou ela –, essas são todas as joias que James enterrou no caixão de Genevieve.

Sister mordeu o lábio e começou a recuar.

– Mamãe – disse ela, quase chorando –, como elas vieram parar aqui? Como…?

Um broche de rubis e esmeraldas caiu do teto no meio da cama, acrescentando-se à pilha.

Foi a gota d'água, até para Mary-Love.

– Saia daqui! Vá, saia! – exclamou ela, gesticulando para Sister na direção da porta.

Sister se virou para correr.

A porta se fechou com força.

Mais dois anéis se soltaram do teto e atingiram Sister na nuca. Ela caiu de joelhos e gritou de medo.

Mary-Love passou aos tropeços pela filha até a porta e tentou abri-la. A maçaneta chacoalhou em suas mãos. A porta estava trancada.

– Mamãe! – gritou Sister. – Está trancada!

– Não, não está! – exclamou Mary-Love. – Só está emperrada.

Sister olhou para cima. Outro bracelete despontou do teto, desta vez de outro lugar, e depois de balançar por alguns instantes, caiu sobre a borda do espelho da penteadeira e ficou pendurado ali.

Mary-Love ergueu a filha do chão. Sister choramingava.

Sem saber o que mais podia fazer, e mais perplexa do que jamais havia estado na vida, Mary-Love abriu a porta do guarda-roupa. Era uma porta pequena, menor do que qualquer outra da casa, e Mary-Love não lembrava por que tinha uma forma tão desproporcional. Ela foi aberta com facilidade. O guarda-roupa estava vazio, exceto por um vestido preto solitário em um cabide. Um véu preto estava afixado à lapela. Enquanto Mary-Love olhava para ele, o véu começou a pingar uma mistura de sangue e água da chuva no chão do armário.

A mulher mais velha bateu a porta do guarda-roupa, fechando-a.

Sister continuava agarrada à mãe. Mary-Love a afastou e voltou para a porta do corredor. Talvez estivesse mesmo *apenas* presa, estufada por conta da umidade e agarrada ao batente. Ela puxou a maçaneta com força. Nada. Mary-Love se afastou, mordendo o lábio para não chorar de frustração e medo.

A porta se abriu de repente.

Elinor Caskey estava parada no corredor. Usava um vestido vermelho que pertencera a Genevieve e o menor dos três cordões de pérolas negras em volta do pescoço.

– As portas ficam emperrando quando o tempo está úmido – falou Elinor.

Sister exclamou, arquejante:

– Ah, Elinor, mamãe e eu ficamos tão assustadas! Achamos que alguém tinha nos trancado aqui!

– Não achamos nada – falou Mary-Love, tensa, começando a se recuperar um pouco do susto e muito interessada nas pérolas em volta do pescoço de Elinor. – Achamos apenas que a porta tinha emperrado… como você disse.

Sister fuzilou a mãe com o olhar, mas não quis contradizê-la.

– Mas o que está fazendo aqui? Ouviu nossos gritos? Foi por isso que veio?

– Não – falou Elinor com um pequeno sorriso. – Eu vim por outro motivo. Tenho uma notícia para dar.

– O que é? – perguntou Mary-Love.

– Ah, Elinor, não pode esperar um pouco? Quero ir para casa! – exclamou Sister.

– Sim – falou Elinor –, posso esperar. Mas talvez seja melhor recolhermos todas essas coisas.

Ela passou por Mary-Love e Sister em direção à cama e começou a enfiar as joias nos bolsos do vestido. Mary-Love foi correndo encher os bolsos também.

CAPÍTULO 11

## A notícia de Elinor

Mais tarde, quando a chuva tinha diminuído e apenas gotejava dos toldos sobre as janelas, Sister permanecia fechada em seu quarto para se recuperar do susto, enquanto Mary-Love e Elinor deliberavam a respeito das joias recuperadas de Genevieve.

Estranhamente, nenhuma das duas comentou sobre o reaparecimento inexplicável das peças valiosas. Elas logo decidiram que James jamais poderia ver todas *juntas*, pois iria reconhecê-las. Mary-Love ficaria com seus três anéis preferidos, separaria os dois braceletes de safira e diamantes para Sister e o restante seria guardado em um cofre em Mobile para quando Grace atingisse a maioridade.

– A essa altura – disse Mary-Love –, James talvez já esteja morto ou nem se lembrará das joias, então dá-las a Grace não será um problema.

– Suponho que você deva ficar com as pérolas, Elinor – continuou ela, cautelosa.

– Suponho que sim – respondeu Elinor.

De todas as joias que haviam sido enterradas com Genevieve, somente as pérolas negras não tinham se materializado do teto do quarto da casa nova. Apesar do grande medo e da perplexidade ainda maior, a mente de Mary-Love não deixou de abocanhar esse fato como uma armadilha de caça.

Ela havia visto um dos cordões de pérola em volta do pescoço de Elinor, e suspeitava que os outros dois também estavam com a nora. Obviamente, Mary-Love queria aquelas pérolas, pois eram as mais valiosas, além das mais bonitas. Contudo, por mais que tivesse suprimido convenientemente qualquer pensamento sobre a maneira inexplicável como as joias tinham sido recuperadas, ela ainda creditava o *fato* a Elinor de alguma forma. E se Elinor tinha trazido as joias de volta – "Sister, não pergunte como, não nos interessa saber" –, ela deveria poder escolher com quais queria ficar.

Depois desse encontro, Mary-Love nunca voltou a mencionar o que havia visto na casa ao lado. Não tinha a mínima vontade de desvendar o significado daquilo. Quando Sister veio falar com ela, exigindo uma explicação do ocorrido e cinco motivos para a casa não ser queimada naquele mesmo instante, Mary-Love disse apenas:

– Sister, recuperamos as joias de Elvennia. Isso é tudo que me importa. Mas vou contar o que eu pretendo fazer: vou mandar Bray até lá amanhã bem cedo com uma vassoura e pedir para matar todos os morcegos que estão naquele quarto.

– Morcegos?! – exclamou Sister, tão furiosa com a insistência da mãe em se fazer de tola que não conseguiu se forçar a falar outra palavra cortês e saiu imediatamente do recinto.

Embora talvez tivesse se convencido de que havia morcegos no quarto daquela casa, Mary-Love não voltou para verificar se todas as joias tinham sido recolhidas ou se o que vira pingar do vestido com véu pendurado no guarda-roupa era mesmo sangue.

～

Naquela noite, depois do jantar, as três mulheres foram para a varanda, a fim de observar a lua nascer e esperar Oscar voltar da assembleia do conselho municipal.

– Elinor! – exclamou Sister de repente. – Esta

tarde você disse que tinha uma notícia, mas não chegou a nos contar o que era. Eu me esqueci completamente.

– Eu também – disse Mary-Love.

Aparentemente, ela não tinha esquecido, mas estava relutante em parecer interessada ou curiosa.

– Eu tive uma consulta com o Dr. Benquith esta tarde. Parece que estou grávida – disse Elinor com serenidade.

Pela primeira vez, Mary-Love não se conteve. Ela se levantou do banco suspenso, foi em direção a Elinor e a abraçou forte. Sister fez o mesmo.

– Ah, Elinor! – exclamou Mary-Love. – Você me fez uma mulher feliz! Vai me dar um neto!

– Vá contar ao tio James – disse Sister, instigando-a. – As luzes estão acesas na casa dele. Ele vai ficar tão feliz!

– Não – disse Elinor –, tenho que contar ao Oscar primeiro.

– Mas você contou para *nós* – argumentou Sister.

– É diferente – falou Mary-Love. – Nós somos mulheres. James é homem. Elinor tem razão. James não tem nada que saber antes de Oscar.

– Não pode contar para Grace? Ela é uma menina.

Mary-Love balançou a cabeça.

– Sister, às vezes eu fico surpresa com sua ingenuidade. As mulheres descobrem as coisas primeiro, depois contam para os homens, ou eles não saberiam de *nada*, depois as criadas bisbilhotam e as últimas a saber de qualquer coisa são as crianças. E às vezes as crianças nunca ficam sabendo, mesmo depois de crescerem. Alguns segredos *morrem*. Sister, eu não deveria estar falando nada disso. Você deveria *saber* dessas coisas!

– Bem, eu não sei – falou Sister, emburrada. – Deve ser por isso que nunca vou me casar.

– Não diga isso – falou Mary-Love com alguma rispidez. – Quando estiver pronta...

O automóvel de Oscar parou em frente à casa.

– Quer que voltemos lá para dentro? – sussurrou Mary-Love, mas Elinor balançou a cabeça.

– Eu vou apenas contar para ele – falou Elinor, tranquila. – Não há motivo para não estarem aqui.

Oscar foi até a varanda e estava prestes a entrar na casa, mas Elinor o chamou:

– Oscar, estamos aqui fora!

Ele deu a volta.

– Olá para todas – disse –, está mesmo uma noite linda. As nuvens foram todas embora.

– Oscar – falou Elinor sem rodeios –, eu vou ter um bebê.

Ele ficou paralisado, e depois sorriu.

– Elinor, isso me deixa muito feliz. Mas o que eu quero saber é: vai ser menino ou menina?

– Você vai aceitar o que vier – disse Mary-Love.

– O que prefere? – perguntou Sister.

– Uma menina – disse Oscar, sentando-se e passando o braço em volta dos ombros da esposa.

– Bem, Oscar, hoje é seu dia de sorte, porque há de ser uma menina.

Elinor afirmou isso não como uma vontade ou hipótese, mas como uma escolha – como se tivesse dito "vou comprar um vestido cor-de-rosa" em vez de "vou comprar um vestido azul".

– Como sabe? – questionou Sister, que naquele dia passara a sentir que havia uma enorme quantidade de coisas sobre a vida que ela não entendia.

– Shhh! – disse Mary-Love. – Acho que vai ser maravilhoso ter uma bebezinha na casa!

O anúncio de Elinor ofuscou a série de notícias que Oscar trouxera consigo da assembleia no conselho municipal, de modo que a família só as recebeu na manhã seguinte, durante o desjejum. Um terceiro homem seria acrescentado à força policial da cidade; os comerciantes da Palafox Street concordaram em arcar com metade das despesas das calçadas de concreto. Por fim, um engenheiro de Montgomery chamado Early Haskew tinha se instalado no Hotel Osceola na tarde anterior. Ele se apresentou ao conselho municipal ("um homem muito gentil e bem-apessoado", comentou Oscar, sem satisfazer o desejo da mãe por uma descrição detalhada) e começaria sua pesquisa em Perdido.

– Pesquisa? Para quê? – perguntou Sister.

– Para o dique, é claro – disse Oscar.

Elinor pousou seu garfo bruscamente.

～

Oscar não sabia nada sobre gravidez, exceto que durava nove meses. Portanto, calculou que o nascimento da filha seria nove meses depois do dia em que Elinor contou que ele seria pai, como se ela tivesse sido fecundada na noite anterior e soubesse disso de alguma forma. Então, ficou encantado ao descobrir que na verdade precisaria esperar apenas sete meses, pois *sua filha* (e disso ele tinha certeza, pois Elinor afirmara) nasceria em maio.

Naquela noite, enquanto Elinor se despia e Oscar se levantava de suas orações ao lado da cama, ele disse:

– Elinor, acho que você deveria largar a escola.

– Nem pensar – retrucou ela.

– Mas está grávida!

– Oscar, você acha que vou ficar sentada nesta casa o dia inteiro com a Sra. Mary-Love empoleirada em um dos meus ombros e Sister empoleirada no outro?

– Não – admitiu ele –, imagino que não vá querer mesmo.

– Oscar – disse Elinor, indo em direção à janela e abrindo a cortina para que o luar pudesse iluminar o quarto –, está na hora de nos mudarmos para a nossa nova casa.

Elinor levantou a tela e se debruçou na janela. Olhando para a esquerda, pôde ver a casa que tinha sido construída para ela: ampla, quadrangular, impassível, erguendo-se sobre um lago de areia reluzente, com o pinheiral escuro suspirando suavemente logo atrás dela.

– Oscar – prosseguiu Elinor –, aquela casa foi nosso presente de casamento. Estamos casados há seis meses e continuamos a viver no seu quarto de criança. Sempre que vou pendurar um vestido, vejo seus velhos brinquedos no fundo do guarda-roupa. Eles continuam ali, e eu não tenho onde pôr meus sapatos! A casa ao lado tem dezesseis cômodos e nem uma só pessoa em qualquer um deles.

Ela se deitou na cama.

– A mamãe vai se sentir sozinha quando formos embora – arriscou-se em dizer Oscar.

– A *mamãe* vai ter Sister como companhia – disse Elinor, irritada. – A *mamãe* vai poder olhar pela janela, sem nem mesmo sair da cama, e ver se já estamos acordando pela manhã. A *mamãe* não vai nem precisar sair pela porta dos fundos para balançar o esfregão dela na minha cara. Oscar, não vamos para o outro lado do mundo. Vamos nos mudar para menos de 30 metros de distância. E você tem que se lembrar que vou ter um bebê. Vamos precisar daquela casa.

– Eu sei – disse Oscar, constrangido. – Vou falar com a mamãe. De repente, um pensamento lhe veio à mente. Ele se virou em seu travesseiro e fitou o rosto da esposa. – Elinor, me diga uma coisa: você engravidou só para podermos nos mudar para aquela casa?

– Eu faria de *tudo* para tirar você desta casa, Oscar. Tudo o que pode imaginar – respondeu Elinor, então se virou de lado e foi dormir.

Oscar falou com Mary-Love, mas ela se recusou a deixá-lo ir embora. Seu argumento era que a casa ainda não estava mobiliada, que havia morcegos no andar de cima, que Bray não conseguira matar. Ela salientou que, antes de Oscar e Elinor se mudarem para a casa, ela teria que encontrar pelo menos duas criadas para trabalharem para eles, e que todas as que existiam em Perdido estavam indisponíveis.

Afinal de contas, Elinor estava grávida e não poderia tomar conta da casa sozinha, subindo e descendo as escadas o dia inteiro, preocupando-se com roupas de cama e almofadas. E, para garantir que Elinor e Oscar não se mudassem algum dia em que estivesse fora de casa por algumas poucas horas, repetindo o que haviam feito em relação ao casamento, Mary-Love foi às escondidas à companhia de águas e à empresa de energia e os obrigou a prometer que não ligariam a água, a energia e o gás sem seu consentimento por escrito.

Oscar desistiu.

– Não consigo enfrentar a mamãe – disse ele à esposa, com um suspiro desesperado. – Ela sempre tem mais argumentos do que eu. E, por Deus, Elinor, a única coisa que ela quer neste mundo é tomar conta de você enquanto está grávida! Não sei por que não consegue pôr os pés para cima e aproveitar!

– Não há *espaço* nesta casa para pôr os pés para cima! Estamos espremidos aqui!

– Há espaço suficiente aqui – falou Oscar com brandura. – Elinor, vamos para a casa ao lado logo que nossa filhinha nascer. Olhe, sabe aquele quarto pequeno atrás da cozinha?

– Sim, sei.

– Estava pensando em pôr uma cama ali para que Zaddie possa dormir todos os dias. Ela faria companhia para você e cuidaria da nossa menininha. Zaddie adora você, tenho certeza de que nada a deixaria mais feliz do que morar conosco.

Essa era uma grande concessão. Se aquele acordo inocente e vantajoso se concretizasse, Zaddie Sapp seria a única menina negra em todo o condado de Baldwin (que era o maior condado de todo o estado, embora não o mais populoso) a viver na casa de uma família branca.

– Acho uma boa ideia – disse Elinor com um esgar –, mas, Oscar, vou lhe dizer uma coisa: ainda não estou convencida. Não vou deixar que me suborne com promessas sobre o lugar onde Zaddie passará a dormir. Acho que devemos ir para a casa ao lado, e acho que deveríamos fazer isso esta noite!

– Não há sequer lençóis!

– Eu vou à casa de Caroline DeBordenave e os peço *emprestados* se for preciso! – exclamou Elinor.

– Não podemos fazer isso – disse Oscar.

– *Você* não pode – falou Elinor, corrigindo-o. – Não consegue ir contra a Sra. Mary-Love. Essa é a verdade.

– Então vá *você* falar com ela – disse Oscar. – Vá você enfrentá-la.

– Não é meu papel – retrucou Elinor. – Eu me recuso a ser acusada pelo resto da vida de ter tirado o filhinho dela.

Assim, Elinor e Oscar permaneceram na casa de Mary-Love durante toda a gravidez. Apesar das objeções da sogra, Elinor continuou a remar o barco verde de Bray até a escola todas as manhãs, com Grace empoleirada na proa, e não faltou um só dia alegando enjoos.

Mary-Love e Sister tricotaram roupas de bebê e foram até Mobile para escolher um jogo de móveis para a criança. De maneira preocupante, quando os itens foram entregues, Mary-Love não pediu que os instalasse na casa ao lado, mas em um quarto vago na própria casa. Quando Oscar voltou da fábrica naquela tarde, Elinor o levou ao andar de cima, abriu a porta do quarto em questão e apontou para o berço de vime ainda embrulhado, mas não disse uma só palavra.

– Quando for a hora – prometeu Oscar, baixinho –, serei firme.

Essa hora chegou mais cedo do que todos esperavam. Depois da escola, no dia 21 de março, Grace Caskey estava esperando no atracadouro enquanto Elinor amarrava o barco à argola de metal na estaca mais próxima ao rio. Grace deu a mão à Elinor e a ajudou a subir até as tábuas de pinheiro gastas do local. Era um movimento complicado, devido à barriga proeminente.

Elinor levou a mão à testa, fechou os olhos por um instante e disse:

— Grace, pode me fazer um favor?

— Sim, senhora.

— Peça a Roxie para chamar o médico — falou Elinor. — Depois, vá até a casa da Sra. Mary-Love e mande a Ivey preparar minha cama.

Grace hesitou.

— A senhora está doente? — perguntou ela com a voz trêmula.

— Grace — disse Elinor com um sorriso fraco —, estou prestes a ter minha garotinha!

Grace saiu correndo, tão empolgada quanto no dia em que Elinor se casou.

∽

Duas horas depois, Elinor Caskey deu à luz uma menina de 1,36 quilo, enquanto Sister lhe segurava a mão esquerda, e Ivey, a direita, e Mary-Love secava sua testa. A criança era tão pequena que, durante dois meses, teve que ser carregada pela casa aninhada em um travesseiro de penas. Por decreto de Elinor e com o consentimento de Oscar, ela se chamaria Miriam Dammert Caskey.

## CAPÍTULO 12
### *A refém*

Miriam não se parecia com Elinor. Puxara a Oscar e aos outros membros da família Caskey. Isso, por si só, seria suficiente para conquistar Mary-Love, mesmo que Miriam não tivesse sido sua primeira neta. A criança tinha o cabelo dos Caskeys, ou seja, sem uma cor definida, bem como o nariz da família, que não era exatamente reto, mas também não poderia ser chamado de adunco ou achatado, tampouco pequeno ou exagerado demais no formato ou tamanho.

Miriam havia nascido em uma segunda-feira. Zaddie levou um bilhete à casa da Sra. Digman naquele fim de tarde para dizer que Elinor não iria à escola na manhã seguinte, mas esperava voltar na quarta-feira. E de fato Elinor voltou na quarta-feira, apesar de Mary-Love ter vociferado em protesto:

– Você vai deixar sua bebê de dois dias sozinha!

– Não a deixarei sozinha – comentou Elinor. – Nesta casa estão a senhora, Sister e Ivey. Na casa ao lado, estão Zaddie e Roxie. Se as cinco não derem conta, mandarei chamar Oscar, que vai vir aqui cinco vezes para ver como ela está, de qualquer maneira.

– Eu esperava que você fosse largar sua turma – confessou Mary-Love.

– Mas não farei isso – respondeu Elinor. – O que a Sra. Digman pensaria de mim? O que pensariam meus alunos?

– Mas pobrezinha da Miriam! – exclamou Mary-Love.

– A Miriam tem 2 dias de idade, como a senhora mesma disse – ressaltou Elinor. – Para ela, eu e um homem qualquer somos a mesma pessoa. Sister, vá até o meu quarto, abra meu armário e ponha um dos meus vestidos. Finja que sou eu quando for se debruçar sobre o berço.

Nos meses que se seguiram ao nascimento de Miriam, Elinor não pressionou o marido sobre a promessa dele. Miriam era minúscula (terá alguma vez existido um bebê tão pequeno?) e exigia muita atenção devido ao seu tamanho e sua fragilidade. A bebê tinha uma pele muito branca, debaixo da qual via-se, em todas as partes do corpo, um traçado delicado de veias azuis. Quase nunca chorava, e Ivey confidenciou esse fenômeno a Roxie:

– Aquela criança não tem fôlego pras duas coisas, respirar e chorar. A coitadinha não consegue. Duvido que viva mais de dois anos. Se viver, vou jogar ela por cima do rio Perdido pro Bray pegar do outro lado!

Roxie tendia a concordar.

Foram colocados quatro cobertores enrolados no berço de vime que ficava entre o quarto de Oscar e Elinor e o de Sister. Naquele retângulo de segurança, Miriam dormia a noite inteira, quieta e sem se mexer. Sister, que tinha solicitado o privilégio de dar o leite das duas da manhã, em geral precisava acordar a bebê. Mas, às vezes, ao acender a luminária de luz suave no canto do quarto e ir a passos leves até o berço, Sister encontrava a menininha olhando para ela com um pequeno sorriso, como se dissesse: "Ah, Sister, acha que vai me pegar desprevenida?"

Miriam cresceu rápido e encorpou. Sister e Mary-Love, que ficavam em casa o dia todo enquanto Elinor estava na escola, logo começaram a pensar na bebê como se fosse delas e a se ressentirem, ao menos um pouco, do período de cerca de uma hora que Elinor passava com a filha no fim da tarde. Elas tiravam Miriam de Oscar, que consideravam inexperiente na arte de lidar com crianças tão pequenas.

– Por Deus, mamãe! – protestou Oscar. – Devo saber tanto quanto Sister!

– Claro que não! – exclamou Sister. – Oscar, consigo ver você deixando aquela criança cair de cabeça no chão…

Oscar se considerava feliz. Tinha uma bebezinha linda e muito bem-comportada. Uma vez, mencionou a James que eles poderiam levar Miriam para o culto matinal e ela não daria um pio. Por sua vez, Elinor parecia satisfeita com a situação. Já não pensava em se mudar para a casa ao lado, ou, se pensava, não falava mais a respeito. Miriam tinha mudado tudo isso, Oscar tinha certeza. Elinor precisava de Mary-Love e Sister para cuidarem da bebê enquanto dava aulas.

– Sei que Elinor ama Miriam mais do que tudo – confidenciou ele a James –, mas não me parece que ela queira cuidar da menina 24 horas por dia. E é *exatamente* isso que a mamãe e Sister querem fazer!

No entanto, Oscar tinha interpretado mal. Ele descobriu isso no domingo em que Miriam foi batizada. Era meados de maio, fazia calor e os Caskeys transpiravam no banco da família na igreja. Mary-Love se inclinava por sobre Sister a cada dois minutos, secando com um lenço o suor da testa minúscula de Miriam, que repousava em silêncio nos braços de Elinor.

Entre a prece pastoral e o sermão, Oscar, Elinor e Miriam foram chamados ao púlpito da igreja e foi realizada a cerimônia do batismo. A pastora levantou a tampa de mogno da bacia de batismo de prata, com a qual Elvennia Caskey presenteara à igreja muitos anos atrás, e estava prestes a molhar os dedos na água para respingá-la na cabeça da criança quando se deteve, consternada.

Oscar olhou para a bacia. A água ali dentro estava lamacenta e vermelha.

– Oscar, não sei como... – sussurrou a pastora.

– Vá em frente! – disse Elinor com um sorriso. – É só água do velho rio Perdido.

A pastora molhou com delicadeza os dedos na água e a respingou sobre a testa de Miriam. A criança abriu um sorriso para a mãe.

Após o culto, a família almoçou na casa de Mary-Love e, em respeito à ocasião, todos continuaram vestidos com suas roupas de domingo. À medida que o presunto era servido de um lado e as tortas de carne moída no outro, Elinor declarou:

– As aulas vão acabar daqui a uma semana e dois dias.

– Você deve estar feliz – falou James. – Sei o quanto aquela sala de aula fica quente, com o sol entrando ali a tarde inteira.

– Isso vai ser na terça que vem – prosseguiu Elinor, desconsiderando a interrupção. – E preciso ir até lá na quarta, para verificar os livros. Então, na quinta-feira, Oscar, Miriam e eu nos mudaremos para a casa nova... – disse ela, levantando a cabeça e correndo os olhos por toda a mesa.

Foi um pandemônio. Sister ficou tão transtornada que não comeu mais. Mary-Love, agitada, atacou o prato e devorou em poucos instantes o que normalmente teria comido ao longo de um dia.

– Ouçam, por favor. Vamos falar disso mais tarde – implorou Oscar.

James mandou Grace para o quarto. Ivey e Roxie ficaram ouvindo do outro lado da porta da cozinha.

– Não vou falar mais nesse assunto – disse Elinor. – Não há mais nada para falar. A casa ao lado é minha e de Oscar, e vamos nos mudar para lá. Aquela casa foi nosso presente de casamento e está *inutilizada* ali, com os móveis cobertos de lençóis.

– Quem *se importa* com aquele raio de casa?! – exclamou Mary-Love, embora estivesse falando da

maior e mais cara construção em toda a cidade.
– O que importa aqui é a Miriam! Você não pode
levar a criança para lá!

– Por que não? – quis saber Elinor.

– Quem vai tomar conta dela? – gemeu Sister.

– *Eu*, ora essa – disse Elinor, irritada.

– Você não sabe como! – exclamou Mary-Love.
– Oscar, eu proíbo você de levar sua filha para
aquela casa. Miriam vai definhar e morrer lá!

A bebê estava deitada em um pequeno berço
no quarto ao lado. Mary-Love se levantou subitamente e foi correndo para pegar a criança, confor-
tando-a e prometendo aos sussurros que ela nunca
ficaria longe da avó.

Sister também se levantou e acariciou a bebê
que Mary-Love ninava nos braços.

– Vocês podem discutir o quanto quiserem –
falou Elinor. – Mas Oscar e eu vamos embora desta casa.

– *Por quê?* – questionou Mary-Love. – Por que
quer sair desta casa?

– Porque não aguento mais! – disse Elinor, furiosa, ainda sentada à mesa. – Estou farta de olhar pela
janela todas as manhãs e ver aquela casa enorme
que deveria ser minha, se a senhora não a deixasse trancada e com as chaves escondidas! Estou farta

de topar com a senhora e com Sister todas as vezes que quero olhar para minha filha! Estou farta de ver meus armários cheios de roupas de gente morta! Estou farta de ter que comunicar cada passo que dou, para onde estou indo, o que estou fazendo e com quem estou. Já vai ser ruim o suficiente ser sua vizinha, com a senhora e Sister entrando na minha casa a qualquer hora do dia, mas pelo menos ali eu poderei passar a corrente na porta para que precisem bater. Oscar é meu marido, Miriam é minha filha e aquela casa é nossa! É por isso que Oscar e eu vamos embora daqui!

— Elinor — falou Oscar, desesperado.

— Oscar — disse Mary-Love, transtornada —, você não vai sair desta casa com esta criancinha linda! Não vai deixar aquela mulher ficar encarregada de cuidar e alimentar este amor de bebê!

— Mamãe, se Elinor sente que...

— Elinor não sente nada! — vociferou Mary-Love, balançando a bebê nos braços com tanta energia que Sister se posicionou para apanhar Miriam caso ela fosse lançada para longe. — A questão é: ela não é uma mãe para esta criança! Sister e eu somos! Você vai condenar esta criança se a tirar de nós.

Elinor permaneceu sentada, imóvel, com uma

expressão de repulsa estampada no rosto. Ela afastou seu prato.

– Ivey – chamou ela –, venha aqui e tire a mesa. Todos perderam o apetite!

Ivey veio com Zaddie logo atrás para tirar a mesa. Em circunstâncias normais, ninguém teria dito uma palavra diante das criadas, por mais que todos soubessem que quem estava na cozinha tinha ouvido tudo, mas aquelas não eram circunstâncias normais, e Mary-Love continuou a falar acima do retinir dos pratos, talheres e taças.

– Oscar – disse ela em uma voz grave, terrível –, eu proíbo você de sair desta casa com a Miriam.

– Mamãe – falou Oscar em tom de lamúria –, a senhora prometeu que Elinor e eu poderíamos nos mudar assim que a Miriam nascesse. Mas, como a Miriam era tão frágil, Elinor teve a bondade…

Nesse ponto, Mary-Love bufou de desprezo.

– … de continuar aqui mais alguns meses e deixar que a senhora ajudasse a tomar conta dela – continuou ele. – Mas agora as aulas terminaram e Elinor estará em casa o tempo todo.

– E quando for outono? – exigiu saber Mary-Love. – O que vai acontecer em setembro? Elinor vai pendurar Miriam em um gancho na varanda enquanto estiver na escola?

– Não vou voltar a dar aulas – falou Elinor em voz baixa. – Edna McGhee não gosta nem um pouco de Tallahassee. Eu disse que ela pode ficar com o quarto ano.

– Não importa! – exclamou Mary-Love, em desespero. – Você não vai ficar com esta criança.

– Nós vamos sair desta casa – disse Elinor, mantendo a calma.

Mary-Love entregou a bebê para Sister, que apertou Miriam contra o peito como se quisesse protegê-la da violência das palavras da mãe e de Elinor. Mary-Love avançou até a mesa e parou atrás de sua cadeira, agarrando o encosto até os nós dos dedos ficarem brancos.

– Então vá, vá para a casa ao lado sem minha bênção! – exclamou Mary-Love. – Darei as chaves hoje mesmo. Sister, vá pegar as chaves. Você terá as chaves neste exato minuto, e poderá se mudar para lá hoje à tarde. Vou dar velas e uma lamparina a querosene e Zaddie buscará água. Amanhã, pedirei que a eletricidade, a água e o gás sejam ligados. Ivey levará suas roupas.

– Obrigada, senhora – disse Elinor com frieza.

– Obrigado, mamãe... – começou a falar Oscar.

– Mas Miriam fica aqui – falou Mary-Love, decidida.

Um silêncio terrível pairou ainda por alguns instantes.

– Mary-Love... – começou a falar James Caskey em um sussurro estrangulado.

Ela o interrompeu:

– Você fica com a casa, Elinor, se é isso que quer. Eu fico com a criança, porque é isso que quero.

– Mamãe, a senhora não pode...

– Cale-se, Oscar! – falou Mary-Love. – O que isso tem a ver com você, posso saber?

– Ora, para começar, Miriam é minha filha!

– Miriam é minha e de Sister!

Sister trouxe as chaves da casa nova. Ela ainda segurava a bebê. Miriam balançou os braços, pedindo atenção. Sister enterrou o nariz no pescoço da criança e o esfregou ali até Miriam gargalhar.

Ivey voltou e começou a retirar as últimas taças do meio da mesa.

– Ivey – chamou Elinor –, assim que terminar, faça o favor de subir e pôr minhas coisas nas malas, sim?

– Com prazer, Sra. Elinor – disse Ivey em voz baixa, sem olhar para ninguém na sala.

Mary-Love sorriu, triunfante.

Chocado, Oscar se virou para a mulher.

– Elinor, como você pode...?

– Chega, Oscar. Não vamos ficar mais uma noite sequer nesta casa. Nem mais uma noite.

– Mas e Miriam?

– James – falou Elinor –, será que poderia me emprestar um pouco a Roxie?

– Ahhh – disse James. – Elinor, você nos faria um favor. Grace e eu comemos aqui o tempo todo de qualquer maneira. Pago 5 dólares por semana a Roxie para ela ficar dez horas por dia sentada à mesa da cozinha. Ela já decorou catorze capítulos do Livro de Jó!

Oscar olhava em estupor para a filha, aninhada nos braços de Sister. A irmã tinha se afastado da mesa e agora estava no cômodo ao lado, embora pudesse ser vista pelas portas abertas.

– Elinor, vamos simplesmente *deixá-la* aqui?

Elinor dobrou seu guardanapo e se levantou da mesa.

– Oscar – disse ela –, temos muitas coisas para arrumar, e você deveria trocar essas roupas.

– Mas nossa garotinha...

Embora ninguém o houvesse interrompido, Oscar parou de falar quando um feixe de iluminação, tão resplandecente quanto o sol lá fora, trespassou sua mente. Tudo aquilo tinha sido planejado. Elinor percebera que a única maneira de tirá-lo da casa de Mary-Love era substituí-lo por algo que ela amasse ainda mais que o filho. E, por esse motivo, Miriam tinha nascido.

Elinor não havia dado à luz uma filha, mas uma refém. E Miriam fora deixada em casa o dia todo para que Mary-Love e Sister se apegassem a ela. Tudo não passara de uma artimanha. Desde o início, sua intenção era oferecer Miriam, atirar a criança aos lobos famintos, para que os dois pudessem escapar ilesos.

Oscar correu os olhos pela mesa. Ninguém mais entendia isso, nem mesmo Mary-Love e Sister. Ele trocou olhares com a esposa, e o que viu nos olhos dela o fez perceber que tinha razão. E ela sabia que ele havia compreendido.

– Oscar – falou ela, baixinho –, está pronto para começar a arrumar as malas?

Ele se levantou da mesa e largou o guardanapo sobre o assento da cadeira. Mary-Love e Sister ficaram diante da porta, as duas com as mãos na bebê, balançando-a de um lado para outro enquanto quase ronronavam.

Em menos de uma hora, Elinor e Oscar estavam fora dali, abandonando a filha sem mais nenhuma palavra.

# CONHEÇA A SAGA BLACKWATER

I. A enchente

II. O dique

III. A casa

IV. A guerra

V. A fortuna

VI. A chuva

Para saber mais sobre os títulos e autores da Editora Arqueiro,
visite o nosso site e siga as nossas redes sociais.
Além de informações sobre os próximos lançamentos,
você terá acesso a conteúdos exclusivos
e poderá participar de promoções e sorteios.

**editoraarqueiro.com.br**